Q 葵與貓的偵探日常

閃亮點

葵與貓的偵探日常

閣樓的

幽靈貓

蘇胤 著　Ringo 繪

·角色設定·

★ 鄭 小 葵 ★

年齡：10 歲

個性：直率、沉迷推理

偵探力：

➤ 推理能力佳，擁有從推理漫畫學到的偵探理論

➤ 奇準的直覺，總是能朝著正確的方向追查案件

★ 卡 塔 ★

年齡：??? 歲

特徵：像貓一樣的神秘生物

年齡：10歲

個性：樂觀開朗

偵探力：

➔ 運動細胞極好，可憑體力追捕嫌疑犯

★莊可樂★

年齡：10歲

個性：傲嬌

偵探力：

➔ 想像力豐富，能天馬行空地重組案情（想錯的情況較多）

★姚子君★

目錄

神秘的都市傳言　　　　　　　　　08

第一章　　閣樓的怪聲　　　　　09

第二章　　引人注目的轉學生　　24

第三章　　小葵是頭號嫌疑犯　　41

第四章　　蘇醒的「偵探魂」　　47

第五章　　審訊開始！　　　　　57

第六章　　古越鎮的逃犯　　　　63

第七章　　意想不到的失蹤案　　71

第八章　　如有「神」助　　　　79

第九章　　神秘的男子　　　　　86

第十章　　　幽靈貓的測試　　　89

第十一章　　真兇是盜竊慣犯？　101

第十二章　　解開密碼？　　　　111

第十三章　　追蹤　　　　　　　125

第十四章　　犯人與機械人　　　135

尾聲　　　　　　　　　　　　　148

幽靈貓解謎時間　　　　　　　　158

神秘的都市傳言

你相信有些靈可以依附於生物或沒有生命的物體中嗎？

在我們看得見或看不到的地方，也許有一些靈存在於我們四周。

它們以各種形態，靜靜地、神秘地、不為人知的存在著，比如一隻動物、一本書、一個雕像、一扇門、一顆水晶……

在這之中，有的靈帶著某些目的來到我們的世界。

他們尋找著某個使者，傳達他們的使命。

你，是他們要尋找的人嗎？

第一章

閣樓的怪聲

　　小葵走在古越鎮的老街商店區，一邊走一邊好奇地四處張望。

　　這裡的店鋪與小葵之前去過的不太一樣，招牌古舊，走道高低不平。有些貨品堆到走道上，還有一些掛在小葵的頭頂上，她經過時除了要小心腳下會不會踩空或絆倒，還得注意被垂下來的商品碰著呢！

　　「快到了哦！小葵，走快點，顧客們都在等著Jane弄頭髮啊！」走在小葵前方的女士回過頭催促道。

　　她是小葵的外婆。外婆燙著鬈鬈的頭髮，

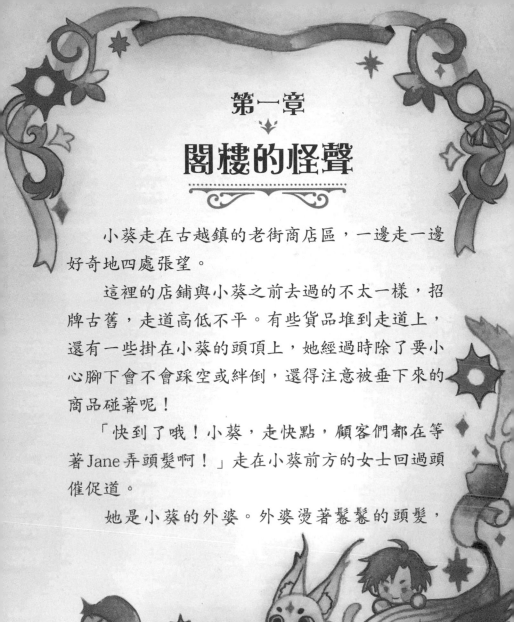

9

穿著合身套裝裙子，走路精神奕奕的，打扮很新潮，一點兒也不像「外婆」。

她口裡的Jane，就是她自己啦！小葵的外婆喜歡別人稱呼她Jane，因為那是她最喜歡的電影女主角的名字。

「還記得這間糖水鋪嗎？上次你母親帶你來吃過的啊，你最喜歡喝龍眼牛奶，還叫了兩杯！」

「龍眼補眼，多喝有益眼睛，以後你可以喝個夠了！」

「還有那間，外婆買了一雙會發出咯咯咯響亮聲音的黑皮鞋給你，不過你應該已經不能穿了。」

「噢，這間玩具店，你進去之後都不願意出來呢！」

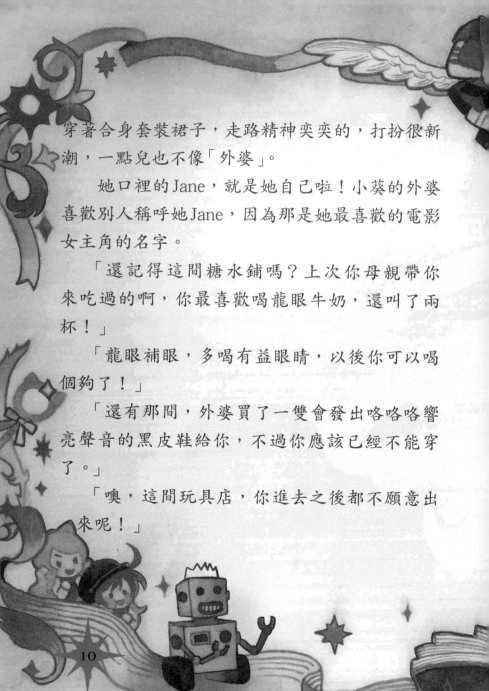

外婆忙碌地說著，腳步可沒有慢下來。

「有嗎？」小葵嘟嚷著。

小葵看著外婆說的店鋪，覺得很陌生，因為她上回跟父母回來這小鎮時才三歲多，對這些事根本沒有甚麼印象。

「啊，到了！」

外婆停在一家小小窄窄的店鋪前面，小葵看了看店鋪轉角的霓虹燈，她知道這是理髮店的標誌。霓虹燈旁邊，掛著一個老舊的招牌，寫著「珍妮理髮」。

外婆的理髮店剛好在轉角處，尖尖地突出於兩條馬路的中間，所以屋子特別長而窄。

小葵走進理髮店。

「喀啷喀啷！」

小葵往發出聲音的方向看去。那是個掛在門

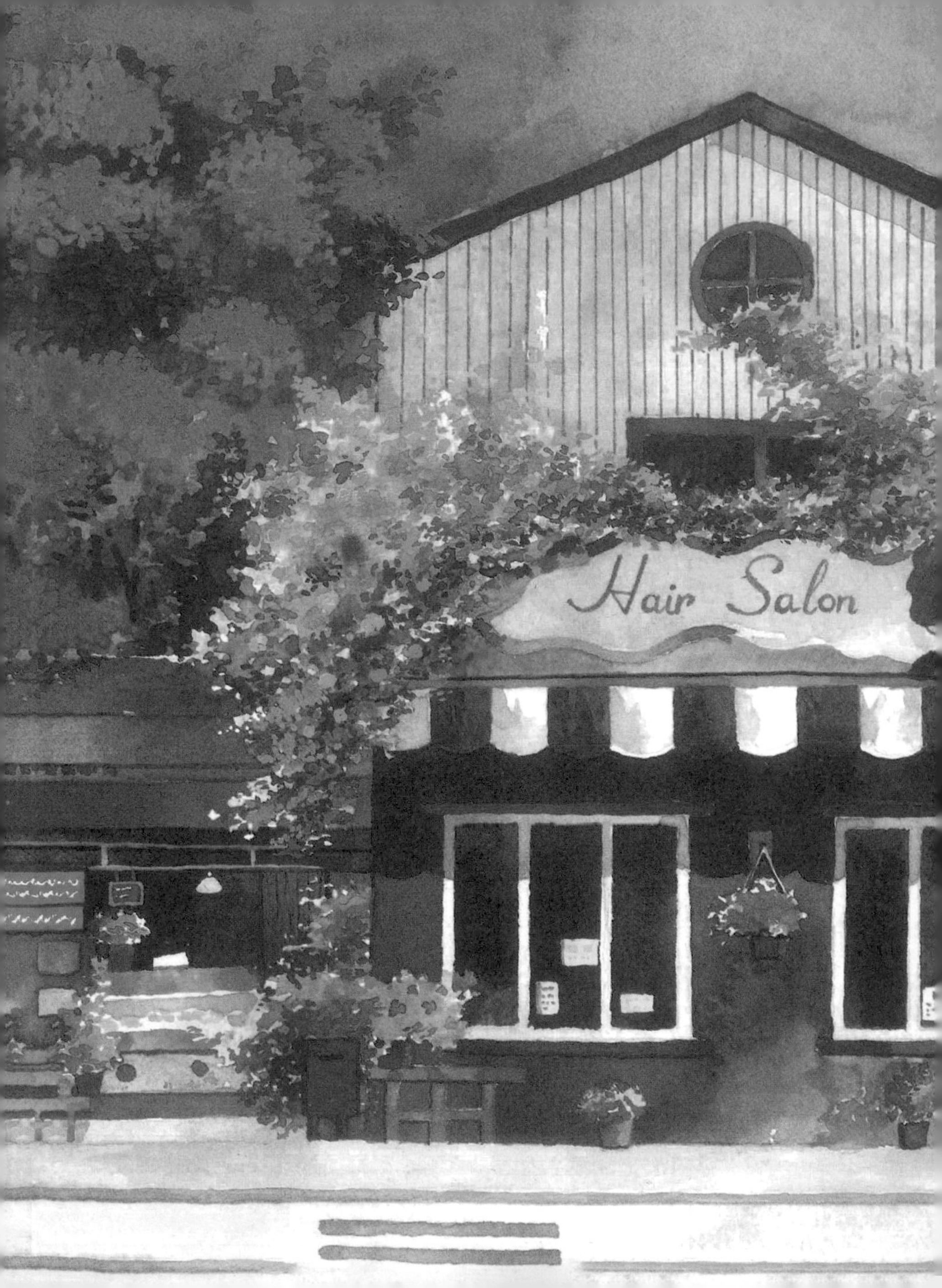
Hair Salon

上的鈴鐺，就像電視中看到的聖誕鈴鐺一樣美麗。可能用久了，有的地方污漬斑斑，但鈴鐺可沒有因此偷懶，只要有人進出門口它就會使勁地發出清脆的鈴聲，好像在歡快地說：歡迎來到「珍妮理髮」！

小葵新奇地看著店裡的設備，一股理髮店的特有氣味衝入鼻翼。

這裡有好多面鏡子可以讓小葵照到自己，有看起來可以旋轉的舒服椅子，有各種各樣令人好奇的理髮用具、聞起來香噴噴的理髮用品，還有個別致的洗頭裝置躲在碎花簾子後面……

這時又傳來喀啷喀啷的聲響，小葵往門口看去，兩位婦女走了進來。

「哎呀！Jane，你終於回來了！」

「啊，這就是你的外孫女吧？看看，好可愛

呢！」

「真像你女兒小時候，不愧是漫畫家元元的女兒。」

「對了，元元這次出國應該沒那麼快回來吧？」

「聽說爸爸是廚師，對吧？爸爸的工作日夜顛倒，根本沒辦法照顧孩子啊！」

「哎呀，所以才把孩子接來這裡啊！」

「可憐的小寶貝，爸爸媽媽都那麼忙，一定非常寂寞了！」

「放心，阿姨會常過來陪你說說話的！」

兩位婦女七嘴八舌地說著，繞著小葵看了又看。小葵感到渾身不自在，她爸爸媽媽雖然很忙，但一有時間就會陪她玩，說故事給她聽。她一點兒都不寂寞，也不覺得自己可憐，人們總喜

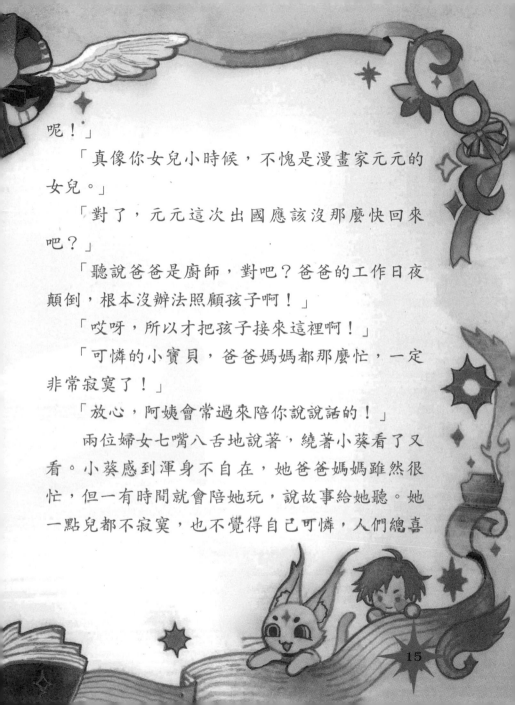

15

歡用自己的想法來看待別人呢！

　　幸好這時外婆說：「小葵，你的房間在二樓，你自己上去吧，我得幫老街坊燙頭髮了！」

　　小葵抱著行李箱，噠噠噠地跑上二樓。

　　「在走廊的盡頭！」

　　外婆扯開喉嚨朝樓上喊，聲音響亮得很，整個樓道都是她的回聲。

　　小葵走上去，轉個彎走到盡頭，發現那裡沒有房間，卻有道斜斜窄窄的樓梯。

　　「咦？這裡是——」

　　小葵好奇地放下行李，手腳並用地慢慢爬上樓梯。

　　上面是個矮矮的房間。小葵踏進去，屋頂比她高兩個頭，左右兩邊的天花板斜斜的，前方還有個圓圓的窗。

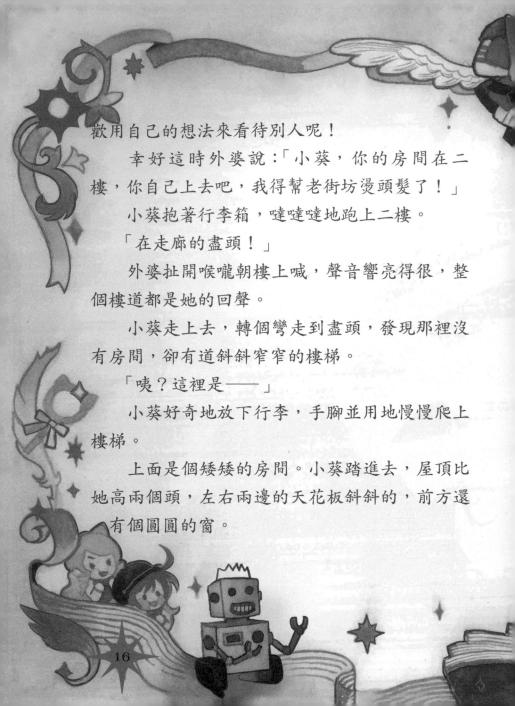

陽光從圓窗照射進來，可以看到房間被書滿滿地包圍著。書櫃裡面、上面，還有旁邊都是書。窗邊有一張桌子和椅子，四周擺放著稀奇古怪的玩意。

小葵驚喜地繞著房間走一圈，不禁讚歎：「好棒的書房！」

說著，小葵從書櫃隨意抽出一本書，念道：「《福爾摩斯探案解謎》。」

「《名偵探的推理事件簿》。」她又抽出另一本，一本接著一本，「《少年與AI偵探》、《雙色貓案件》系列、《貓頭鷹偵探團》、《聰明的小太郎》、《犯罪心理破解》⋯⋯」

小葵瞪大了眼，她好像來到一個推理的世界！

「原來媽咪就是看這些書長大的啊！怪不得

現在成為推理漫畫家。」小葵看著眼前滿滿的偵探漫畫和小說，喃喃自語。

她開始津津有味地閱讀起來，直到晚飯時間，外婆找到了她，對她說：「快點把行李搬去你的房間，明天要上學了啊！」這才匆匆下去收拾行李。

她的房間原來在走廊的另一個盡頭，那兒是媽咪十八歲離家讀書前住的地方。

小葵之前跟爸爸媽媽回來時也住過，但她已經沒有印象了。

她看著媽咪睡的單人床、實木的舊書桌、牆上的插畫海報，還有擺設著母親喜愛玩意的兩層小木架。木架上有可愛的動物黏土、木雕娃娃、媽咪小時候和中學時期的照片、旋轉木馬音樂盒、火車模型等等。

「哇，原來媽咪喜歡的東西跟我一樣。」

小葵還發現一個小型扭蛋玩具，每次轉動手把，就有一顆復活蛋掉出來。小葵童心大發地轉了好幾次，沒想到外婆突擊檢查，讓她馬上打開行李箱，快快把衣服收進衣櫃。

接著她開始整理自己的課本、漫畫、小說和文具，再把最喜歡的抱枕和布熊擺在床邊。

最後，她將喜歡的交通工具模型和雨果神探模型，還有一個手動式木製音樂盒擺在木架上，和母親的玩具擺在一塊兒。

「嗯。」

小葵滿意地欣賞著自己的「新」房間。

夜晚，小葵躺在床上，既期待明天的到來又有些忐忑。不知道明天轉去的新學校會是甚麼樣呢？她會不會交到朋友？

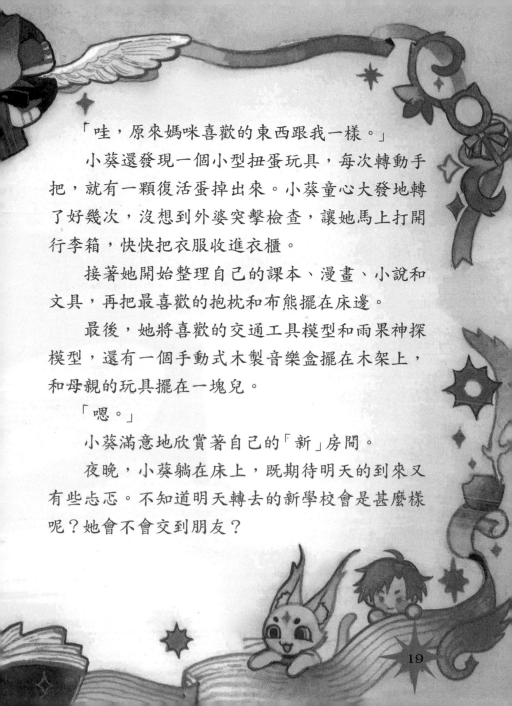

正想著，小葵好像聽見了甚麼聲響。

「咯咯，咯咯。喀喇、喀喇喀喇……」

小葵從床上爬起來。

「甚麼聲音？」

她仔細聆聽。

「得得得……」

「聲音好像從上面傳來……」

小葵走出房門。

走廊很暗，只有盡頭一盞昏黃的壁燈亮著，一閃一閃的，鎢絲似乎出了問題。

「外婆家好陰森森，不過……老店屋都是這樣的吧！」

小葵心想著，走到通向閣樓的樓梯旁視察。

「喀喇喀喇……」聲音好像更大了。

她一步一步走上去。

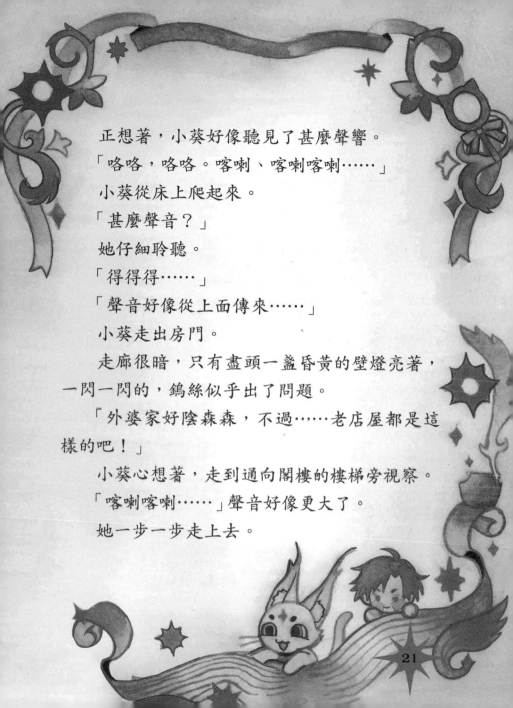

爬到上面，黑漆漆的，甚麼也看不見，聲音卻消失了。

小葵按下燈掣，垂吊在閣樓中央的燈泡亮了。

昏黃的房間，沒有半個人影。

「奇怪，到底是甚麼東西發出的聲音？」

小葵朝四周仔細地察看。跟剛才她離開時的情況一樣，桌子擺著幾本她看過的書，地上也有幾本來不及收好的書散落著。

「應該是隔壁的人發出的聲音吧！」小葵心想。

她記得之前在網上看過有人分享，很多人都有聽過樓上怪聲的經驗，還有人說那是鬼怪在牆壁裡面發出的聲響。

「大家真是想太多，世界上哪有甚麼鬼怪？」

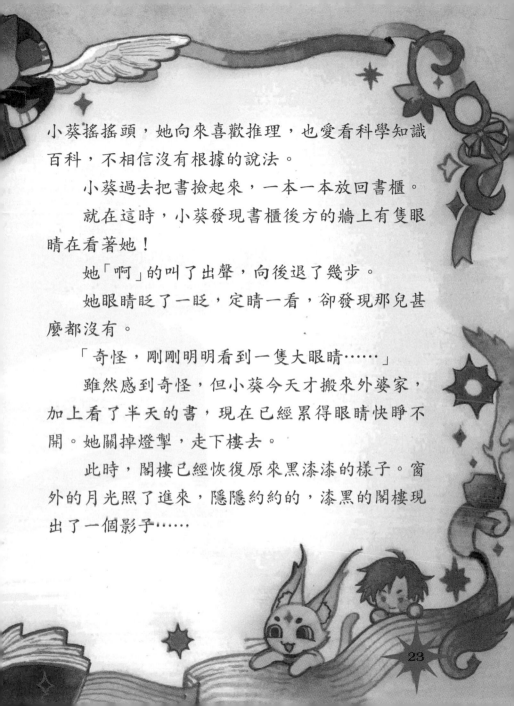

小葵搖搖頭，她向來喜歡推理，也愛看科學知識百科，不相信沒有根據的說法。

小葵過去把書撿起來，一本一本放回書櫃。

就在這時，小葵發現書櫃後方的牆上有隻眼睛在看著她！

她「啊」的叫了出聲，向後退了幾步。

她眼睛眨了一眨，定睛一看，卻發現那兒甚麼都沒有。

「奇怪，剛剛明明看到一隻大眼睛……」

雖然感到奇怪，但小葵今天才搬來外婆家，加上看了半天的書，現在已經累得眼睛快睜不開。她關掉燈掣，走下樓去。

此時，閣樓已經恢復原來黑漆漆的樣子。窗外的月光照了進來，隱隱約約的，漆黑的閣樓現出了一個影子……

第二章
引人注目的轉學生

第二天，小葵早早就被外婆「扯」了起來。

「快來吃早餐。我要趕去市場買菜，你得自己去學校哦！」

小葵一聽要自己去學校，馬上彈了起來。

小葵洗漱完，外婆給她吹乾頭髮，就趕緊去吃早餐。

「外婆，昨晚我好像聽到奇怪的聲音，你有聽到嗎？」小葵大口吃著外婆家香噴噴的營養饅頭，問道。

「甚麼奇怪的聲音？我住了一輩子都沒聽過。」

「可是我真的聽到了。喀喇喀喇的，好像還

有貓的叫聲。對了，我還看到一隻大眼睛！」

外婆瞇著眼，問：「你是不是又跑去閣樓？」

「噢，因為那聲音好像從閣樓傳出來。」

這時外婆突然湊過來，神秘地說：「一定是屋子靈！」

「屋子靈？屋子有靈的嗎？」小葵張大眼問。

「有啊！我們這裡時常有人在夜裡聽到一些奇怪的聲響，據說那是守護我們的屋子靈。」

外婆又笑瞇瞇地說：「屋子靈一定是很喜歡小葵你住進來，所以讓你聽見。」

小葵呆了呆，然後說：「那外婆你沒有聽見，難道屋子靈不喜歡你住這裡嗎？」

外婆語塞，擺擺手道：「真是跟你母親一個樣，說話都這麼沒趣。快吃吧！等下遲到就不好了！」

說著外婆趕緊去拿菜籃，小葵一呼嚕喝完粥，抹了抹嘴，便背起書包追著外婆出去。

　　外婆在路口跟小葵揮揮手分道揚鑣，說：「保持自信！沒有事能難倒我們！」

　　小葵看著外婆搖曳著身子離去，深吸口氣，對自己說：「是啊！沒有事能難倒我們。」

　　她取出手機，搜尋了學校的導航路線。

　　「走路的話，九分鐘可以抵達水星小學。」

　　她跟著手機路線圖，走過兩排店鋪，轉向右邊有一個公園，只要沿著公園旁邊的路走上去，就抵達學校了。

　　由於時間還早，路上並沒有很多行人。

　　小葵走到公園時，停下來喘一口氣，她眼睛往上一抬，看到學校後面隱隱約約有一座山的形狀。

「原來學校後面有山。甚麼山呢？」

這時從旁邊慢慢走過的大嬸說道：「古越山啊，你不知道嗎？」

「古越山？」

「是啊，古越鎮最大的山，它可是守護我們小鎮的山呢！」

小葵看著古越山，覺得那山的形狀看來有點像……一隻坐著的貓？

小葵正想像的時候，山頂突然浮現一對翅膀！

「啊！」小葵不禁叫了出來。

但她定睛一看，翅膀又不見了。

小葵不禁懷疑自己的眼睛是不是有毛病，昨晚看到的大眼睛也是一眨眼就不見。

「不會是因為喝了太多龍眼牛奶吧？外婆說

過龍眼補眼睛，難道吃了會看到別人看不到的東西？」

小葵覺得自己這兩天老是胡思亂想，她晃晃頭，繼續看導航走向學校。

「水星小學是古越街301號……沒錯，是這裡。」

小葵抬頭望向上面掛著的古舊牌匾，上面寫著四個脫漆金色書法字——水星小學。

小葵走進學校，發現校園的景觀古色古香，有庭院，還有小池塘、古典設計的小亭子，小葵幾乎覺得自己穿越時空來到古代了。

小葵走到一棟米黃色大樓前，嘀咕著：「校舍倒是很新穎，先去校務處報到吧……」

她在大樓裡找到校務處，走了進去。

一位看起來和藹可親的女老師走向她，說：

你是小葵吧？我是你的班主任陳老師。」

小葵瞄了瞄老師身前的名牌，上面印著：「陳秋千老師」。

陳老師帶領小葵去課室，並對小葵說明：「你的班級是二年級墨班。」

「是墨水的墨嗎？為甚麼叫墨班？」小葵好奇問道。

陳老師一聽小葵的問題，馬上扶了扶眼鏡，熱心地解說：「水星小學每個年級有三班，以水星的守護神墨丘利（mercury）命名。分別為墨班、丘班及利班。是不是很特別？」

小葵見老師看著她，連忙點頭應答：「嗯。」

陳老師似乎很開心，咧開嘴繼續說：「我們水星小學的校舍不多，但校園其實相當大，不只有供學生盡情運動的操場，後面的舊校舍還有科

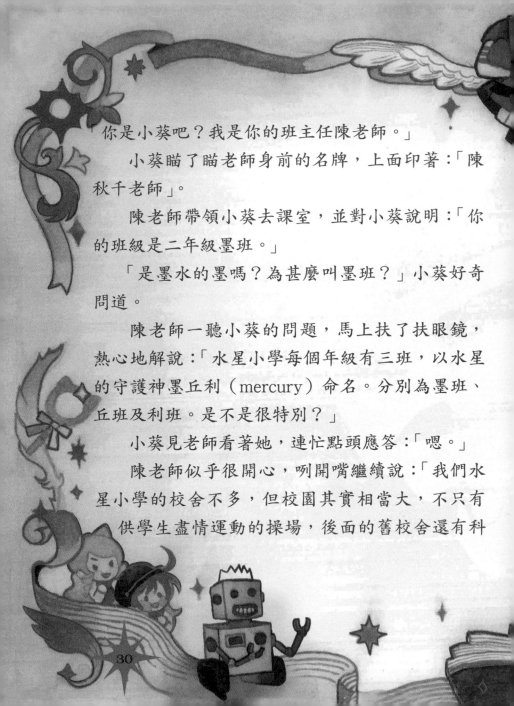

學工藝班、機械人學會課室、美術教室、音樂教室等等，課外活動多樣化，近年有很多在城市居住的學生都選擇轉校到我們這兒呢！」

陳老師此時展開燦爛的笑容，說:「你一定會喜歡這裡的，不用怕，這裡的同學和老師都很友善，也很有愛心。」

小葵聽著也覺得陳老師的確很友善和有愛心，還開始愛上水星小學呢！

來到二年級墨班，小葵忐忑地跟著陳老師進班。她向同學們自我介紹:「大家好，我是鄭小葵。我的嗜好是看推理故事。」

小葵發現同學們定定地看著她，下一秒，大家都忍不住笑了出來。

「這是甚麼人？古代來的嗎？」「哈哈，頭髮好高！」「對啊，是不是從哪裡的鄉下來的啊？」

「根本是我阿嬤的髮型，嘻嘻！」

「同學們安靜！不准取笑同學的髮型。」陳老師趕緊說，並轉頭對小葵解釋：「小葵同學，請你不要在意，同學們並沒有惡意，只是覺得你的髮型有點老派，像老師的爸爸媽媽那個年代流行的……」

陳老師越說反而讓小葵越尷尬，她摸了摸頭頂，想起早上外婆幫她吹頭髮時，她也沒有時間照鏡子就衝去吃早餐。

小葵跑去窗邊，看到窗內自己的倒影也不禁張大了嘴巴。想不到外婆竟然把她的頭髮吹得那麼高！還上了髮膠，蓬蓬鬆鬆的一大圈，好像老電影中女明星的髮型。

同學們再次爆笑。

「請各位同學安靜。」陳老師扶了扶眼鏡，指

示小葵：「你的座位在這一排的空位上。」

　　小葵走向座位，大家還是捂著嘴偷笑地看著她，讓她覺得很丟臉，她用手壓住頭髮，想把高高的頭髮壓平，但一鬆手，頭髮好像彈更高了！

　　「唉，外婆的定型劑到底有多強力啊？」小葵嘀咕道。

　　「好了，大家好應該幫助小葵適應新學校。水星小學歷史悠久，我們的校訓是友愛謙和，追尋真理。請同學們秉持友好的精神，善待轉學生，和和氣氣地在這裡追求知識和真理……」

　　「秋千一說起話就停不了，雖然人很囉唆，但她是個好老師。」這時小葵座位旁邊的一位男同學說。

　　「這裡的居民好像都很愛說話。」小葵低聲嘀咕。

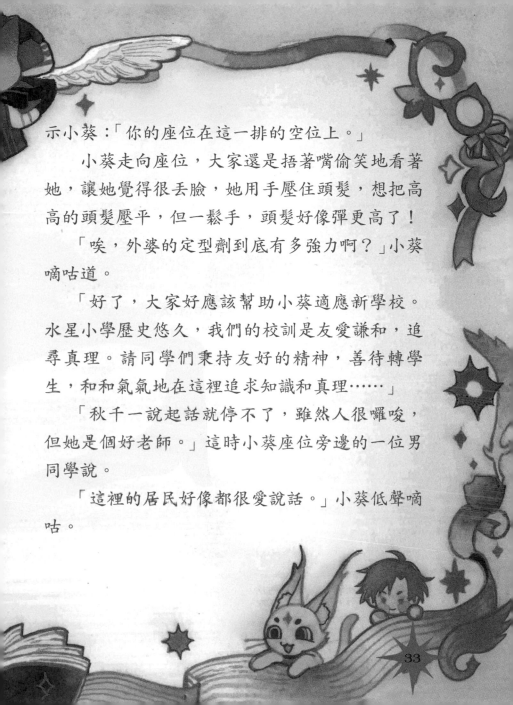

33

「甚麼？」

「噢，沒甚麼。」

「我叫莊可樂。我也好喜歡雨果神探！」男同學興奮地說。他長得一臉正氣，看起來就是個直腸子。

小葵隨著他的視線，發現原來他是看到小葵書包上的徽章才這麼說。這徽章可是小葵父親到國外出差時特地去作者簽名會替她買到的！徽章上是雨果神探和他的狗狗助手福爾摩斯。

「我最喜歡雨果神探和福爾摩斯狗一起推理查案的過程，太好看了！可惜每次我都猜不到，哈哈！」可樂兩眼發光地說。

「沒想到你也是雨果神探迷，不瞞你說，我曾經幻想擁有一隻跟我一塊兒查案的狗狗呢！」

「對，我也是！」

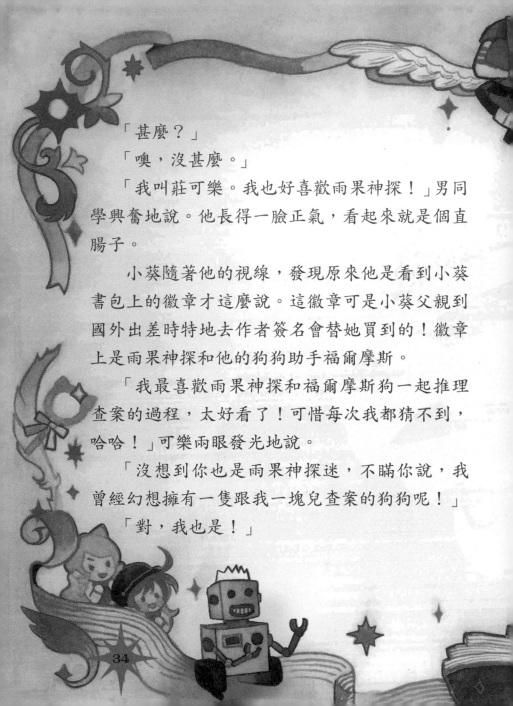

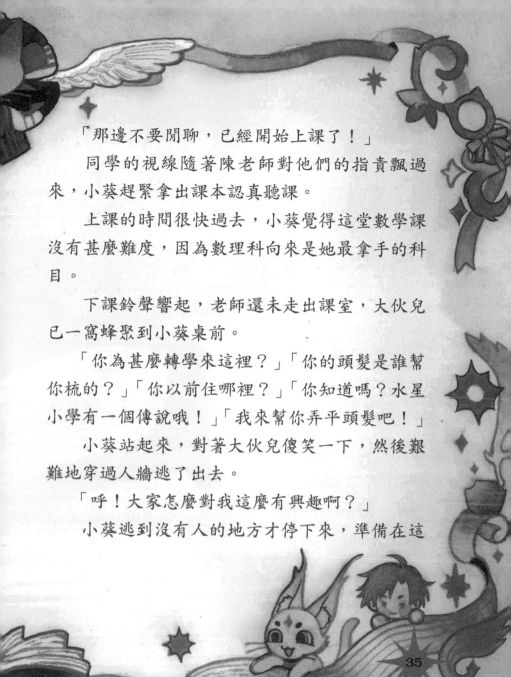

「那邊不要閒聊，已經開始上課了！」

同學的視線隨著陳老師對他們的指責飄過來，小葵趕緊拿出課本認真聽課。

上課的時間很快過去，小葵覺得這堂數學課沒有甚麼難度，因為數理科向來是她最拿手的科目。

下課鈴聲響起，老師還未走出課室，大伙兒已一窩蜂聚到小葵桌前。

「你為甚麼轉學來這裡？」「你的頭髮是誰幫你梳的？」「你以前住哪裡？」「你知道嗎？水星小學有一個傳說哦！」「我來幫你弄平頭髮吧！」

小葵站起來，對著大伙兒傻笑一下，然後艱難地穿過人牆逃了出去。

「呼！大家怎麼對我這麼有興趣啊？」

小葵逃到沒有人的地方才停下來，準備在這

兒享用外婆給她做的午餐肉雞蛋三文治。

　　她看看四周——這裡校舍古舊，粉白色的牆壁、青黑色的屋瓦，牆上還有鏤空的雕刻。

　　「這裡應該就是陳老師說的舊校舍。」

　　小葵發現門口掛著小小的牌子，上面寫著：「機械人學會」。

　　她走過去隔壁，上面掛著的牌子是「美術學會」，再過去的是「烹飪同好會」。

　　「這學校的課外活動還不錯，要是有個推理學會就更棒了。」小葵不禁想。

　　雖然覺得這不太可能，但她還是忍不住希望有這樣的一天。這時一位男同學和小葵擦身而過，小葵專注地瀏覽著課室的門牌，並沒有注意他。

　　走完這一排校舍，她滿足地取出便當盒裡

的三文治，剛咬了一口，就突然聽見「哐啷」一聲，是某些東西掉落地面的聲音！

聲音從機械人學會的課室傳來。小葵咕嘟一聲吞下嘴裡的麵包，把三文治放回便當盒，匆匆趕去。

小葵趕到那兒時，看到一位同學慌忙跑開的背影。

「他不就是剛才那位同學？」

小葵走到機械人學會，門口敞開著，地面有一些破碎的東西。

「那是甚麼？」小葵好奇地走了進去，還沒仔細看，就被後方的叫聲嚇著了！

「你為甚麼破壞機械人模型？」

「我破壞機械人模型？原來地上的是機械人模型。」

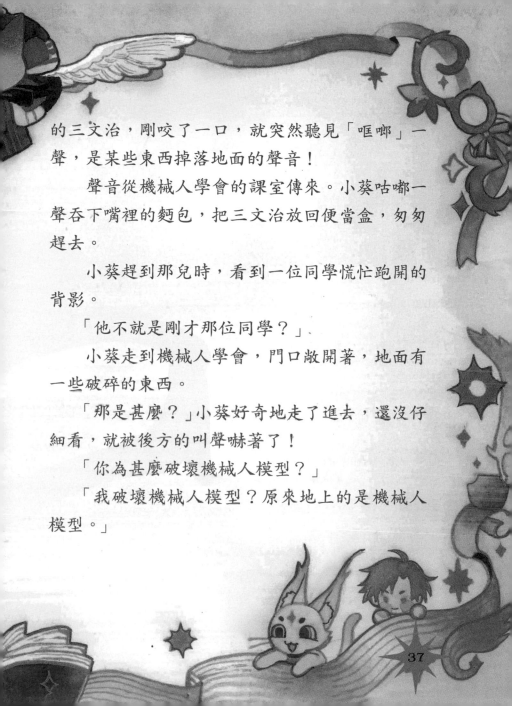

小葵好像沒有聽懂同學的問題，自顧自觀察地上的碎片。

　　「噢⋯⋯原來是張亦平的作品。」小葵望向桌上的模型底座，喃喃自語。

　　同學跑開去，不一會兒，他帶著老師過來了。

　　「這位同學，你打破了榮獲全市第一名的機械人設計模型，請你跟我去教員室。」

　　「不是我，我是聽到有東西破碎的聲音才過來⋯⋯對了，我剛才看到一位男同學匆忙離開，他有可能是破壞模型的兇手⋯⋯」

　　「那位男同學是誰？」

　　小葵仔細回想，當時她在觀察各學會課室，並沒有看清楚，於是她說：「我沒有看清他的樣子。」

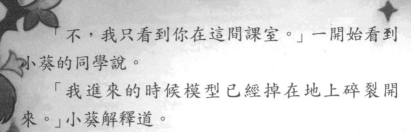

「不，我只看到你在這間課室。」一開始看到小葵的同學說。

「我進來的時候模型已經掉在地上碎裂開來。」小葵解釋道。

老師沒辦法相信小葵的說辭，嚴肅地說：「請你跟我去向機械人學會的顧問老師解釋事情的經過。」

就這般，小葵莫名其妙地捲入案件之中。

第三章

小葵是頭號嫌疑犯

小葵被帶去教員室，向機械人學會的顧問老師解釋。同一時間，教員室外面擠滿了好奇的學生。

「那不是小葵？」「第一天轉學就打破東西？」「她太魯莽了！」「原來她是轉學生啊？她為甚麼要破壞機械人模型呢？」

同學七嘴八舌地把消息傳開來，這下子，大家都知道小葵第一天轉學就打破第一名的機械人模型。

當小葵從教員室走出來，好不容易鬆口氣時，卻又被班上的同學圍著問個不停。

小葵走回課室，同學還在嘰嘰喳喳說著，她

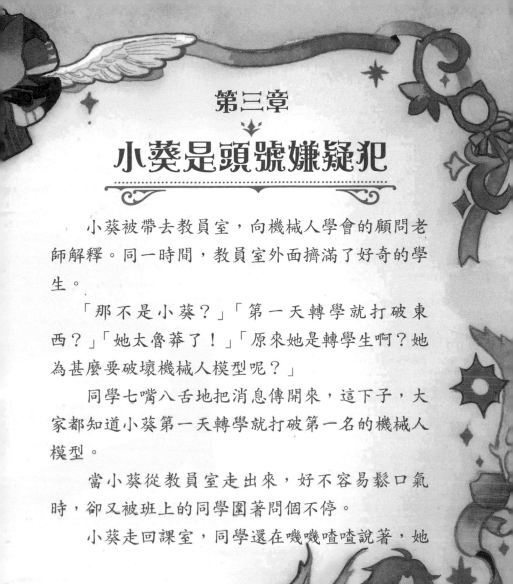

41

終於忍不住說：「不是我打破的，我根本沒有動機打破張亦平的模型。」

　　同學靜默了幾秒，然後有個聲音問：「誰是張亦平？」

　　「就是製作模型的主人，得到機械人設計第一名的同學。」小葵說。

　　同學們還在竊竊私語，這時坐在小葵旁邊的可樂說：「我相信小葵！我敢肯定，絕對不是小葵做的！」

　　坐在可樂前面的女同學立即問道：「你怎麼肯定不是小葵做的？」

　　「我當然知道啦！小葵今天剛轉來這裡，有甚麼理由要破壞陌生人的模型，對不對？她又不認識那個甚麼張甚麼平。」

　　同學裡頭有人點點頭，似乎贊同可樂的說法。

「不，你也說不出小葵為甚麼不會破壞陌生人的模型——難道她就不會因為高興而這麼做嗎？」有人反對。

「小葵怎麼可能因為高興就做這樣的事？」

「你怎麼知道小葵不會？」

「子君，你根本就是針對小葵，小葵才不是這種人。」

「你跟她很熟嗎？別忘了，你也是第一天認識小葵哦！」

小葵望向說話的女同學校服上的名牌——姚子君。

「不，」可樂氣急敗壞地，看了下小葵，說：「小葵是雨果神探迷，她才不會犯罪！」

可樂這話一出，全班同學都笑了起來，連小葵也不禁搖頭歎氣。

「哈，雨果神探迷不會是兇手，我很懷疑你到底有沒有看過《雨果神探》。」子君盤起雙手說。

「我當然有看《雨果神探》！」可樂覺得自己應該像個偵探一樣冷靜，於是他問：「那你說，小葵為甚麼是兇手？」

「我沒有說小葵一定是兇手，不過依我推測，兇手不是妒忌拿第一名的張亦平，就是跟他有仇。」

子君用懷疑的眼神望向小葵，問道：「鄭小葵，你是不是認識張亦平？要不然你怎麼知道那是張亦平拿第一名的模型作品？」

小葵搖搖頭道：「不認識。」

同學中有人附和子君，頻頻點頭說：「是啊，是啊！小葵一定認識他！我們都不知道拿第一名的人是誰呢！」

子君得理不饒人地仰高頭，瞇起了眼，擺

44

出一副神氣的偵探模樣，推理道：「你不只認識他，還可能跟他結怨——啊！難道你是因為要破壞他的作品才轉來我們學校？」

「我已經說了我不認識，你們不相信也沒辦法。」

小葵覺得這齣推理劇越來越荒謬，不禁呼口氣，拿出書包內的推理小說來看。

子君見小葵不理會她，心理很不是滋味，皺著眉繼續發表自以為精彩的推理：「我知道了。小葵因為在機械人模型比賽中輸給了那個張甚麼平，她不服氣，因此特地轉來我們學校，破壞別人的作品。」

小葵覺得這人的想像力也太豐富了吧？她根本就沒參加過機械人模型比賽。

「你不要亂講，小葵都說不認識那個人了！」在一旁著急的可樂忙著說。

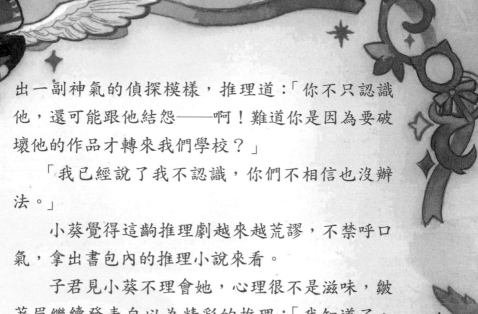

「可樂，你不用幫我解釋。我已經跟顧問老師解釋清楚了。」小葵說。

「那你是不是洗清嫌疑了？」可樂高興地問。

「不，我不能證明我完全沒有嫌疑。」

子君一聽，馬上又得意地說：「看吧！小葵可能就是犯人。可樂，你為甚麼這麼相信一個剛轉來的轉學生？」

「我就是相信小葵！」可樂急得臉也紅了，濃濃的眉毛快要連成一線。

「不管你相不相信，鄭小葵是頭號嫌疑犯！」

小葵看著氣場強盛的子君，差點也以為自己是犯人。

這時老師進來課室，這齣推理鬧劇才終於停止。

46

第四章
蘇醒的「偵探魂」

　　放學鈴聲響起時，小葵飛快地衝出了課室。

　　雖然小葵很喜歡新學校，但第一天轉學就被人當做犯人看待，她心理始終有點不舒服。

　　她快步走到「珍妮理髮」，一推門進去，卻迎來幾張著急的面孔。

　　「小葵你是不是打破了機械人模型作品？」「你一定是不小心打破的對不對？」

　　「你們怎麼知道的？」小葵感到很驚訝，想不到外婆的街坊顧客這麼快就知道這件事。

　　「哎呀，剛才王大嬸去學校送飯盒給孩子時聽到的啊！」「你該不會真的打破了吧？」

小葵不知道怎麼回應她們，但外婆好像絲毫不在意，她笑著對小葵說：「後面有飯菜，自己盛來吃。」

「嗯。」

小葵趕忙逃去後面。

這兒有個大天窗，曬著很多毛巾和理髮用的圍布、燙髮卷、梳子等等，是理髮院的晾曬場，同時也是飯廳和廚房。

她拿了個大碗裝了飯菜，小心地走上閣樓。在這被書籍圍繞的地方，小葵才終於鬆懈下來。

「呼！不用被人追著問東問西了。」

小葵在木桌前吃著飯，嘀咕道：「小地方都是這樣嗎？甚麼事都很快傳開來？」

一想到明天去學校又得面對同學懷疑的目光，她剛剛恢復的好心情一下子又被烏雲遮擋

住了。

「我可不想一直被人當犯人追問。」

小葵吃完飯，隨手拿起昨天沒看完的推理漫畫來看，但她心不在焉，腦海裡都被機械人模型的事盤繞。

雖然小葵不想被當犯人，但她最苦惱的，其實是一直被人圍繞和注目。

她忽然想到甚麼，放下漫畫。

「我要自己找出真兇！幫自己洗清嫌疑，大家就不會再纏著我了。」

小葵拿出母親送給她的記事本。

記事本封面是一位小女孩背對大家走在向日葵花園內，母親說小葵像向日葵一樣，總是向著陽光的一面，給人們帶來希望。

小葵一直捨不得用這記事本。她愛惜地把它

打開來，在米黃色的紙張寫上：「機械人模型破碎事件。」

「那位從機械人學會跑出去的，很有可能是犯人。」小葵心想著，隨即寫下她的推測。

「可惜我沒有看清他的臉，只知道他是個中等身材的男生。」小葵微微皺起了眉頭。

「哼，這樣的男同學太多了，根本沒辦法找到。況且，就算找到了也不能證明他是打破模型的兇手。」

想到這裡，小葵噘起了嘴，摸摸下巴——她在思考問題時總是這樣。

突然，小葵感到旁邊的書架閃著光，但當她轉過頭去，光又不見了。小葵疑惑地走過去，發現那兒正好有本書，書名是《像名偵探一樣破案》。

她趕緊抽出那本書，到桌前仔細閱讀。

「偵探推理的三個步驟：第一，歸納；第二，推理；第三，結論。」

小葵投入推理的世界中，專注而快速地翻閱，並念出其中一段：「歸納推理出最可能犯罪的嫌疑人，再一個個排除掉不可能的嫌疑人。」

小葵恍然大悟。

「是啊！我必須去現場搜尋蛛絲馬跡，理清張亦平身邊的朋友關係。先推理，再排除，找出破壞模型的兇手！」

小葵感到思緒從來沒有這麼清晰過，內心一陣激動。她突然覺得，心裡有種特別的東西蘇醒了。

「難道我內心住著一個偵探魂？」

第二天，小葵早早就來到學校，並跟顧問老

師說要去機械人學會的課室查找證據。

「我必須為自己洗脫嫌疑，並且幫張亦平同學找到真正打破模型的兇手。」

老師被小葵的熱誠打動，領著小葵來到「案發現場」。

散落在地上的模型碎片已被收在紙箱裡頭，其他擺在課室內的模型全是學生平時的作品。小葵發現除了張亦平，另外兩位同學劉宇翔和顏智林有最多作品展示。此外，小葵還有個重要的發現——破裂的模型中，其中一個碎片用原子筆寫著「T」，另一個碎片寫著「8」。

「奇怪，為甚麼模型上寫著T和8？」

小葵馬上問顧問老師：「請問T和8代表甚麼意思？是一種特別的記號嗎？」

老師表示不清楚，並露出驚訝的表情說：

「我記得得獎的時候，模型上面甚麼都沒有寫。」

「得獎的模型本來沒有寫上Ｔ和8？這就奇怪了？難道是昨天的兇手寫上去的？」

小葵把觀察到的線索都寫進記事本內。接下來，她要親自查問受害者——張亦平，還有其他有關係的人。

可樂看到小葵的記事本寫著查案細節，興致勃勃地說：「我一定會幫你查出誰是真兇！」

看來他跟小葵一樣，有著偵探魂呢！

「小葵，待會兒下課後，我跟你一起去審問張亦平和他兩位朋友。」可樂裝出一副警探的口吻說道。

「哈哈，甚麼審問，你以為張亦平是犯人啊？」子君譏笑可樂的同時，借機走過來問小葵：「你怎麼確定不是其他人破壞了模型？」

53

「其他人？你是想說小葵吧？」可樂濃濃的眉皺起來了，看來一臉正氣。

「小葵當然也可能是犯人。不過我絕對不是針對小葵，別把我看得這麼不理智。」子君擺出一副高傲的偵探模樣，繼續說：「我只是認為，不能排除任何疑點。」

小葵挑了挑眉，道：「我同意你說的，不能放過任何疑點。不過，在毫無頭緒的時候，我們可以縮小範圍，從犯人跟被害人有關這一個假定追查。」

「假定犯人跟被害人有關？萬一你的假定不對呢？」子君不服氣地說。

「不對就再查其他人，這是一種排除法。」小葵輕描淡寫地回應。

「對了！」可樂突然拍桌子叫了起來，「我記

54

得《雨果神探》其中一集是用這種方法查案的，嗯……甚麼假設，還是假定……」

「假定結論，追溯推理！」小葵說。

「對，對，對！假定結論，追溯推理！」可樂興奮地說，「你太厲害了，小葵！你簡直是雨果神探的化身！」

「你說得太誇張了，我也是從書裡面學來的。」小葵不好意思地說。

子君努著嘴，堅持自己的想法道：「我還是覺得不應該放過任何一個有可能犯罪的人，應該要調查全校學生那段時間是不是有去機械人學會的課室。」

「哎呀！哪裡有人會老實交代自己有去過那裡，你不如叫犯人主動承認打破模型？」可樂吐槽道。

「這！我也是為了不錯過任何一個疑點。」

「那老師也不能遺漏囉！我們不能偏心，認為老師不可能犯案。」

「那就全校徹查！」子君還是執意自己的方法更好。

「你別傻了，不用上課嗎？」

「不上課又怎樣？」

「校長也要查，是不是？」

「當然！」

「哈哈，校長怎麼可能犯案？」

「你到底懂不懂甚麼是偵探？」

「你才不懂！」

兩人爭執不休，小葵沒眼看他們。

「看來這兩個傢伙的偵探魂比我強烈多了……」

第五章

審訊開始！

下課鈴聲響起，小葵和可樂急忙衝出課室。

他們本來要去找張亦平，但張亦平竟然沒來上課，二人唯有向機械人學會的會長查問。

「嗯，要說跟張亦平最好朋友的，當然是劉宇翔。」會長說。

「劉宇翔？」小葵記得在機械人學會展示櫃上看過這名字，「噢，是去年和張亦平組隊參加機械人設計比賽得到銀獎的同學。」

「對！誰都可能是犯人，但劉宇翔絕對不是。」會長斷然說。

「啊，還有另一位顏同學的展示作品也相當多。」

「你是說顏智林吧？他們三位可說是機械人學會最出色的會員，每次校外比賽他們三人都代表學校出賽，也得過很多獎項。」

「他和張亦平關係好嗎？」小葵試探地問。

「他啊，對了，模型打破的前一天，顏智林和張亦平吵了一架。」

「為甚麼吵架？」

「他們也不是第一天吵了，通常都是一些小事，比如為了一些零件，或者對機械結構有不同意見。」

小葵和可樂都不太明白的樣子，會長於是拿起旁邊的機械人作品示範道：「好比這個樂高機械人，用來做手腳的部分需要多長多短，轉動部分的零件用哪一種比較耐用，活動得比較自然等等。」

這時有人在他們後面說：「這麼小的事也吵？看來他們一定互相看對方不順眼很久了。」

　　小葵和可樂看過去，是子君。

　　「你為甚麼跟來？」可樂問。

　　「我來看你這個警探扮得像不像啊！」子君揶揄可樂一番，然後對會長說：「這個顏智林一定有問題，你們應該去審問他。說不定他還欺負張亦平，不然為甚麼張亦平今天不來學校？」

　　小葵和可樂對看一眼，子君那想像力過於豐富的毛病又來了。

　　「對了，顏智林讀哪一班？」

　　「四年級丘班，跟張亦平同班。」會長回道。

　　子君看向小葵和可樂，噘噘嘴：「你們還在等甚麼？快去問啊！」

　　沒等小葵和可樂回應，子君就自顧自發號施

令：「走！」

　　就這般，他們倆跟在子君後頭去找顏智林。

　　「我那天下課時被老師叫去幫忙做校外比賽的剪報。老師可以幫我作證。」顏智林說。

　　子君卻不停追問：「老師跟你甚麼關係？」

　　「老師？就是師生關係，還會有甚麼關係？」

　　「我怎麼知道老師會不會幫你說謊？」

　　顏智林氣嘟嘟地走開去了。

　　子君對小葵和可樂攤攤手，然後又急忙走去找劉宇翔。

　　「昨天下課你在甚麼地方？」子君盤著雙手，裝模作樣地問道。

　　「我在食堂吃東西。」劉宇翔說。

　　他身邊的同學點頭道：「是啊！我們一起去吃東西，沒錯。」

子君自言自語道：「顏智林和劉宇翔都有不在場證明。奇怪了，那到底是誰去了機械人學會？」

　　子君突然抬起頭盯著小葵：「你沒有說謊吧？」

　　小葵沒理會子君，她問劉宇翔：「你知道T或者8是甚麼意思嗎？」

　　「甚麼T8？我沒聽過。」劉宇翔很快地說，然後就和同學走回課室了。

　　「怎麼辦？好像甚麼都沒問出來。」可樂懊惱地說。

　　「不，這個劉宇翔有問題。」小葵說。

　　「甚麼問題？會長不是說誰都可能是犯人，但劉宇翔絕對不是嗎？」可樂說。

　　小葵沉下臉，說：「因為他說了T8。」

「甚麼 T8 ？」

「喂，甚麼是 T8 ？」

　　小葵跑回課室，子君還在後面窮追不捨地問。

62

第六章

古越鎮的逃犯

　　小葵在記事本寫上：劉宇翔是張亦平最好的朋友，但他對T8有隱瞞。

　　「我明明沒有說T和8是連在一起的，他卻直接說了T8，可見他一定知道T8是甚麼。」

　　「可是，他為甚麼隱瞞T8的事？」

　　小葵上網搜尋「T8」，但沒找到甚麼線索。

　　「T8到底代表甚麼？」

　　「劉宇翔有沒有可能是打破模型的犯人？會長說他不可能是犯人只是一廂情願的看法，不能確信。」

　　「不，現在至少可以確定，劉宇翔跟模型打

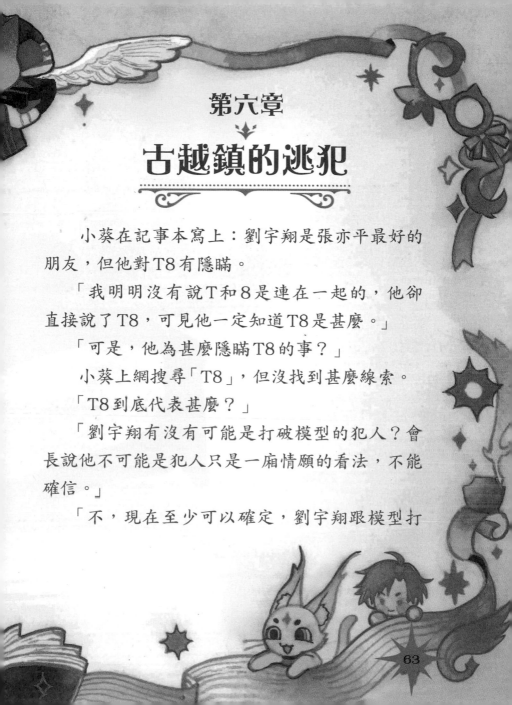

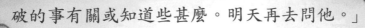

破的事有關或知道些甚麼。明天再去問他。」

　　小葵在記事本寫了下一步的計劃。

　　寫著寫著，她竟然睡著了。

　　下午的陽光有點曬，從窗口透射進來，映照到桌子上睡覺的小葵，此刻，竟有道模糊的暗影顯現，暗影擴展開來，為小葵遮擋住陽光⋯⋯

　　不知道睡了多久，迷迷糊糊中，小葵似乎聽見有人在呼喚她。

　　「小葵！小葵！小葵──」

　　最後一聲拉得又長又響亮，小葵猛然驚醒。她發現自己不知何時睡著了，身上還披著薄薄的被子。

　　「奇怪，這裡怎麼會有被子的？我剛才不是在桌上看書？」

　　小葵困惑地抓抓頭，這時她又聽見外婆在樓

下喊了：「小葵！」

「來了！」小葵也扯開喉嚨大聲喊，然後她趕緊收拾一下，匆匆跑下樓去。

在外婆家除了可以肆意看書、被迫聽很多老街坊顧客的八卦消息，另一個跟以前很不同的地方，就是小葵時常跟外婆樓上樓下對喊。

外婆的理髮店一般八點閉店，在這小鎮，最遲關門的店也不超過九點。

飯桌擺了幾碟菜，外婆一邊吃一邊對小葵說：「今天上課怎麼樣？有沒有抓到犯人？」

小葵瞄一眼外婆，想不到外婆還記得這件事。

「哪有那麼快啊！」小葵邊說邊扒飯。

「那還有沒有人說你是犯人？」

小葵晃晃頭，說：「即使有我也不理他們。」

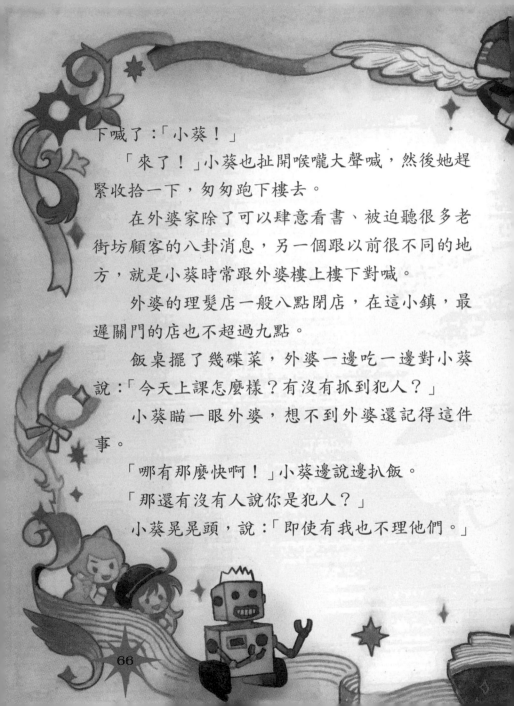

66

外婆拍了下桌子，高興地說：「這才對啊！管別人怎麼說，我們『行得正，坐得正』！」

外婆說著，望向飯桌旁櫃子內擺設的一張照片。照片裡是個美麗的外國女子，她披著頭淺褐色長髮，一雙褐色眼眸銳利而清澈。

「我們做人啊，要像Jane一樣充滿自信，有堅定的正念。」外婆說著時，露出崇敬的眼神。

「外婆，為甚麼你這麼喜歡她？」

「當然是因為她很有魅力啊！」

外婆眼神望向書櫃上方，似乎遁入回憶中。

「她還出過一本書，叫《快樂的藝術》。想當年啊，外婆生活吃盡苦頭，幸好有她的書，陪伴外婆渡過最艱難的時刻。」

小葵覺得外婆應該有一番辛苦的經歷，只是外婆從來沒有在她面前提過。

這時電視上的一則新聞報導讓外婆瞪大了眼睛。

　　「XX公司的經理住宅遭到入門盜竊，有民眾在古越鎮目擊到最近犯案累累的『綠色衛衣盜竊慣犯』。目擊者說，那個人與防盜攝錄機中拍攝到的綠色衛衣盜竊慣犯非常相似，雖然樣貌看得不太清楚，但他穿著軍綠色連帽衣……」

　　外婆皺著眉道：「這樣也可以報導？非常相似不代表就是那名小偷吧？而且那台攝錄機的影像模模糊糊，根本就看不清楚。」

　　小葵直點頭，說：「我也看不出那個人長甚麼樣子，只是跟小偷穿一樣的衣服。」

　　「對嘛！看到甚麼就說甚麼才對，現在新聞報導真是的，甚麼都不清楚就不要亂報，隨便引起恐慌。你也知道，我們小鎮甚麼都不比人

強，最厲害就是說話到處傳。」

　　對於這點小葵深有體會，不斷點頭附和。

　　「外婆，明天你的老顧客一定跟你說個不停。」

　　「呵呵，是啊！不過小葵啊，你外婆沒甚麼大本事，最厲害就是安撫人心啦。即使小偷來我們小鎮又怎樣？大家合力把他抓起來不就行了？」

　　說著外婆哼了一段聽起來年代十分久遠的老歌，還擅自改了些歌詞變成抓小偷的歌，笑得小葵差點把嘴裡的飯噴出來。後來小葵也跟著外婆改起歌詞亂唱，兩人玩鬧著，開心地享用晚餐。

　　「外婆真是個樂天派呢！我必須向她學習。」小葵覺得好像沒甚麼事能讓外婆煩惱，也難不倒外婆。

小葵暗暗告訴自己：「我一定會把真兇找出來！」

　　這一晚，小葵睡得很甜，還夢到自己在查案，並抓到了一個滿臉寫著是壞人的真兇……

第七章
意想不到的失蹤案

　　小葵一到學校就發現不對勁，校務處外停著兩輛警車，看來必定有甚麼重大事件發生。

　　她還未進課室，可樂就迎上來，緊張地說：「不得了！張亦平失蹤了！」

　　「甚麼？」

　　小葵和可樂趕去教員室，看到有幾名警員在教員室向老師們問話。

　　警員走後，教員室內愁雲滿佈，老師們全都一副不知所措又擔憂的模樣。

　　這時陳秋千老師走出來，小葵趕緊過去問她：「老師，警員有說張亦平發生甚麼事了嗎？」

陳老師搖搖頭，歎口氣道：「現在只知道張亦平失蹤了。不過警方懷疑他很有可能遭人綁架。因為張亦平向來是個循規蹈矩的孩子，不會離家出走。」

「遭人綁架？這麼嚴重？」可樂驚訝地說。

「是啊，你們昨晚有看新聞報導嗎？有人目擊到一名犯案累累的盜竊慣犯在古越鎮出沒，而且是在張亦平家附近。我們古越鎮已經很久沒有發生盜竊事件，上一回我記得是去年3月……」

小葵知道陳老師又要「講故」了，趕緊問道：「在他家附近出沒不代表他被綁架吧？」

「不，有人說看到小偷和一個男孩在一起，而那個男孩非常可能就是張亦平，因為古越鎮只有一名男孩報失蹤案。你們也要小心啊！」陳老師說著，匆匆走去教學樓。

小葵心想：這倒是匪夷所思。張亦平怎麼會跟盜竊慣犯一起呢？怪不得警方懷疑他被綁架。

「張亦平一定是被綁架了！綁架他的，不是小偷，而是劉宇翔。是劉宇翔指使那名小偷綁架張亦平！」

小葵和可樂對看一眼。會說出這種奇思異想的話，除了子君沒有第二個了。

「你怎麼又跟來？你不是一直認為小葵是犯人嗎？」可樂挪揄她道。

「嘿！我剛才去問了跟劉宇翔一起去食堂的同學，他說劉宇翔上課前去了趟廁所。所以說，他並沒有不在場證據。」

「沒有不在場證據也不能說一定是他。你為甚麼認定是劉宇翔做的？」可樂問。

子君自信地笑了笑，說：「憑我的直覺。偵

探對於案件的嗅覺可是很靈敏的。你不覺得劉宇翔的態度有點古怪嗎？」

「嗅覺這麼靈敏，你以為自己是雨果神探的福爾摩斯狗啊？哈哈！」可樂調侃她。

「我說的是偵探的嗅覺，不是狗的嗅覺，你

74

到底懂不懂？」子君氣呼呼地叉腰反駁。

　　小葵知道他們又要鬥嘴了，趕緊走回課室。

　　不過，她對子君說劉宇翔有古怪的話倒是頗有同感。

　　這天放學，小葵並沒有回去「珍妮理髮」。她悄悄地跟在某人身後——那人正是劉宇翔。

　　劉宇翔走到一間雙層排屋外，並沒有進去的打算，而是在對面隱蔽處駐足觀看。

　　「那不是他的家吧？」

　　小葵正想著，有人從屋裡出來，劉宇翔趕緊閃去一旁，小葵在他身後的巷子盯著他，所謂螳螂捕蟬黃雀在後，小葵感覺自己像黃雀，劉宇翔則是螳螂。

　　走出來的一共有兩人，其中一名婦女面容憂愁，小葵猜測她是張亦平的母親。另一人對她點

頭示意，然後走進一輛車，應該是名便衣警探。之所以這麼推測是因為他的車頭內有一個隱蔽式警燈，一般便衣警探用車為了不讓犯人發現，外觀雖然和普通汽車一樣，內部卻有特殊的裝置。

　　便衣警探走後，劉宇翔沒有走過去詢問，而是快速離開。

　　小葵又趕緊跟上，她知道劉宇翔身上一定有些事隱瞞大家，雖然不知道甚麼事，但小葵想，肯定跟T8有關。

　　誰知在路上卻遇到Jane的老顧客彭太太，她硬是要拉著小葵去糖水鋪。

　　「你知不知道？小時候你媽咪很喜歡去這家糖水鋪，我可是看著你媽咪長大的哦！你媽咪的事我都知道。」彭太太得意地說。

　　小葵聽到媽咪的事，一下分心，就跟丟了劉

宇翔。於是她只好跟著彭太太去「冰點茶室」外賣兩杯龍眼牛奶回家。

一路上，彭太太跟她說了媽咪的事，比如媽咪很愛畫畫，常拿店裡的顧客做模特兒，母親小小年紀就得到全鎮繪畫比賽第一名等等。除此之外，說的都是關於她的孩子怎麼不好的事，比如他不愛運動，不喜歡說話，每天躲在家玩遊戲，連去公園玩都覺得麻煩；又一臉羨慕地說某某鄰居的孩子參加奧數比賽獲得優異獎，唱歌比賽也得到甚麼獎之類的事。

「彭太太的孩子有這麼不好嗎？」

小葵想起自己的母親，母親雖然不會在人前稱讚她，但也從不說她的不是。

她很想對彭太太說，可能你的孩子也有很厲害的地方，只是你沒有看到，但她又覺得說了肯

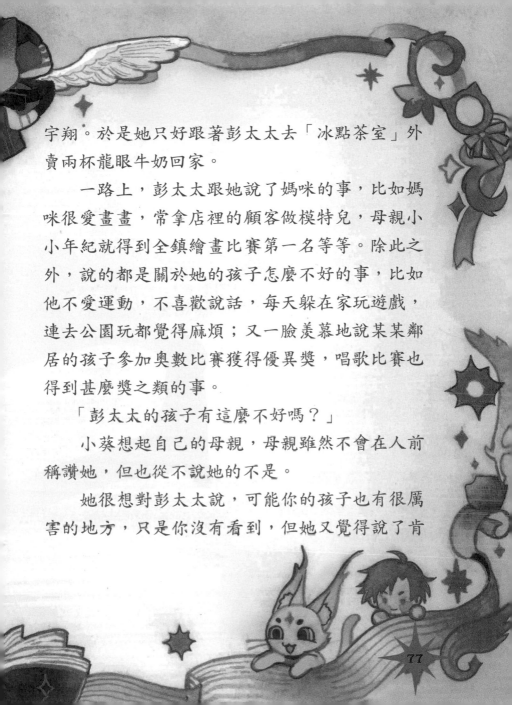

定沒完沒了，於是就靜靜地聽她說。

「對了，你知不知道那個失蹤的孩子啊，他是個非常優秀的小孩，在班上每年都考第一，還得過全市青少年機械人比賽金獎呢！」

「不是金獎，是銀獎，而且是跟另一位同學一同獲獎。」小葵糾正道。

「哎呀！金獎銀獎都一樣厲害，差不多啦！」彭太太還是自顧自說個不停。

抵達「珍妮理髮」後，彭太太揮揮手跟小葵道別，說是要趕緊送孩子去補習班。

小葵終於鬆一口氣。雖然有點不自在，但這番對話並不是完全聽八卦，至少聽到了關於張亦平的重要情報！

第八章
如有「神」助

　　小葵走進店裡，將一杯龍眼牛奶交給忙著替顧客燙頭髮的外婆，自己拿著另一杯跑上閣樓享用。

　　她靠在從房裡搬過來的四方軟墊上，一邊喝著龍眼牛奶，一邊望著窗外。

　　時間是下午四時，這是一天裡頭最悶熱的時刻，路上幾乎沒有行人。

　　小葵一邊咬著龍眼一邊思考今天搜集到的情報，並把剛才聽到的「八卦消息」寫進向日葵記事本裡頭。

　　「張亦平有沒有可能真的被綁架了？小偷綁架他來做甚麼？嗯……」

小葵看著記事本上面的線索，仔細地推敲，卻怎麼都想不通。

　　小葵站起來走到閣樓的圓形窗戶旁，讓腦袋休息一下。她攪動著杯子內的龍眼，靜靜地欣賞小鎮悠閒的街景。

　　一位拄著拐杖的老爺爺從遠處走來，小葵漫無目的地把視線轉向了他。

　　老爺爺走得很慢，背很彎，走起路來顫顫巍巍的，好像隨時會跌倒的樣子，小葵看著不禁替他捏把冷汗。

　　她貼近玻璃窗，留意著老爺爺的行動。老爺爺耗了老半天才走到路口，打算過馬路到對面去，但因為這條馬路是雙向車道，因此老爺爺必須橫跨兩條馬路才能到對面。

　　「雖然是走在斑馬線上，但要走兩條馬路，

老爺爺來得及嗎？」

　　小葵不禁緊張地盯著老爺爺。綠燈了，老爺爺一步步走著，果然，才走到一半，綠燈就閃了！就在這時，對向馬路有輛摩托車急速駛來！

　　「老爺爺危險！」

　　小葵拔腿衝下樓，一陣風似的經過理髮店，幫客人捲著髮卷的外婆嚇得瞪大了眼，還未出聲問，小葵已喀啷一聲開門出去了。

　　小葵一口氣跑到路邊張望。

　　「咦？老爺爺呢？」她望向對面街的人行道，「原來老爺爺已經順利過了馬路啊！」

　　小葵鬆了口氣，隨即又想：奇怪？老爺爺怎麼這麼快過了對面呢？

　　她觀察老爺爺，他還是一副慢吞吞彎腰走路的樣子。

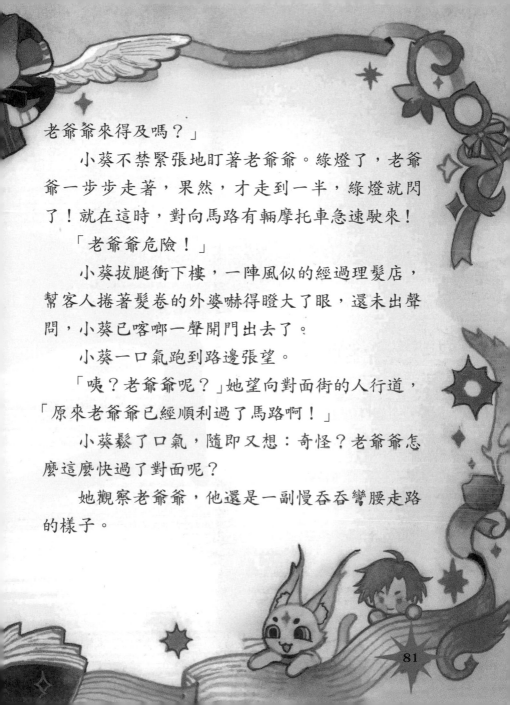

小葵走進理髮店，又一陣風地噠噠噠衝上樓去，外婆又來不及問她，只嘀咕道：「這小葵，甚麼事那麼匆匆忙忙的？」

小葵跑回閣樓，疑惑地望向窗外。

「以老爺爺的速度，應該不可能這麼快過去啊……」

不遠處有一名老婆婆走來，小葵將視線瞄向老婆婆。老婆婆雖然沒有用拐杖，但速度也快不了老爺爺多少。綠燈亮了，老婆婆慢慢走過馬路，看來她也想過馬路去對面。

小葵聚精會神地盯著老婆婆，來到路中央，一輛巴士開了過來，小葵咽一下口水，喃喃地說：「如果紅燈了老婆婆才走到一半怎麼辦？巴士會等她過去嗎？」

正猶豫著要不要衝下樓去，小葵發現老婆婆

突然「如有神助」，快速地越過馬路，去到對面街了！

「老婆婆怎麼突然走得那麼快？」

小葵驚奇地擦擦眼睛仔細一看，下一秒，老婆婆又回復慢吞吞的速度了。

「不可能啊……」

小葵撫著下巴，兩眼都瞇起來了。

「誰說不可能？」

背後有人在說話！

「誰？」

小葵回過頭，看見書櫃旁有一隻巨大的貓！

不，那不是貓，是幽靈貓！

那巨貓沒有實體，像幽靈一樣飄浮於半空，兩隻發出綠光的眼珠定定地看著小葵。

小葵想喊卻喊不出來，喉嚨好像有東西卡住了。

「我是不是幻視？抑或在做夢？」

小葵明知道這不是夢，卻還是這麼想。因為眼前的影像實在太匪夷所思！

一眨眼，浮在半空的巨貓不見了！

小葵呆了一會兒，才走過去摸摸剛才巨貓所在的地方。當然她甚麼都摸不到！

「我……在做夢？」小葵懷疑地說，接著又頻頻搖頭：「不，不！我肯定沒有眼花。而且，我明明聽到說話聲！」

小葵走過去又走過來，確實沒看到任何「貓影」。

「難道是3D影像？」她搜查書櫃，想搜出隱藏在某個角落的3D投影機，但她一無所獲。

「奇怪了，就算眼花，也不可能幻聽……」

小葵到睡前都念念不忘剛才看到的巨貓影

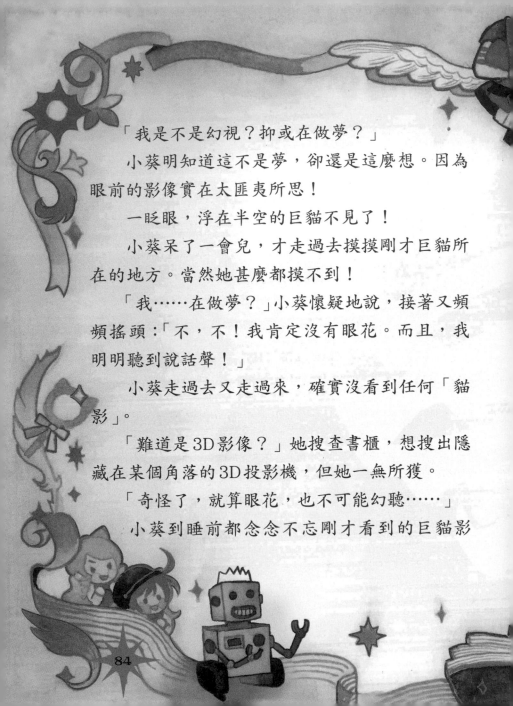

像。她感到巨貓就在她身邊，一閉上眼睛就會出現！

有好幾次，她閉上眼後又趕緊睜開，以為巨貓會突然出現在她面前，但甚麼都沒有發生。

「難道一切都是我的幻想？搬來這裡後，我一直看到奇怪的東西……」

小葵想著想著，終於抵擋不了瞌睡蟲的召喚，昏昏沉沉地睡去。

迷濛中，小葵聽到一道聲音：「閣樓……閣樓……」

小葵驚醒過來！

「閣樓？」

小葵仔細地聽，卻甚麼都聽不到。

她決定上去閣樓看看。

第九章

神秘的男子

黃昏時分，夕陽斜斜的映照著大地，小鎮商店陸續拉上閘門，大伙兒都準備吃晚飯或休息去了。

這時，有個人從「Z世代網店」推門走了出來。

他穿著綠色衛衣，大大的連帽衣蓋著頭，遮到了眼睛下方，讓人看不清他的樣子。

他過了馬路，來到一間小食店外面。看到門口的男孩時他似乎嚇了一跳，但那個男孩趕緊跑向他，對他說了些話。然後兩人一塊兒走到巷口，在那裡低頭細語。

「真的？」衛衣男子問。

男孩回道：「當然。你只需要答應我，讓大

家知道他的真實名字。」

衛衣男子似乎鬆了口氣，說：「好。我會補上去。」

男孩點點頭先走了，穿著綠色衛衣的男子等了一會兒，也走開了。

兩人往不同方向離去。

衛衣男子拉低帽簷，看到前方有人迎面走來就趕緊避去一旁，行動顯得有點鬼祟，但他萬萬想不到，此時身後正有個矮小的男人跟隨著他。

他來到一個角落，拿出手機打電話，跟蹤他的矮小男人竟突然擋在他身前，對他說了些話。

衛衣男子戰戰兢兢地打了個電話。話畢，衛衣男子即被矮小男人推著，走向附近一幢廢棄建築物內。

矮小男人推開鐵門，指示衛衣男子進去。他

們沿著生鏽的逃生梯，一步一步走上頂樓。

頂樓有個小房間，裡面雖然有桌椅和簡陋的泛黃墊子，卻沒有暖氣。破舊的窗劈啪響著，風從門縫吹進來，冷颼颼的。衛衣男子縮了縮身子，對矮小男人說：「我知道有個地方可以讓你藏身，而且很溫暖。」

矮小男人懷疑地望向他，衛衣男子又趕緊說：「我會帶食物給你。」

「你不會想玩甚麼花招吧？」

「當然不會。反正只是兩天，不是嗎？」

矮小男人走到衛衣男子跟前，緩緩說道：「好，明天帶我過去。不過，如果我發覺不對勁，就馬上告訴大家你做的好事。」

衛衣男子拉了拉連帽衣，帽子下方是雙畏懼的眼睛。

張地問，然後捏一捏自己的手臂。疼啊，確定這不是夢！

這時幽靈貓靠了過來，小葵一握緊手，才記起手裡的雞毛掃，趕緊揮出去，大聲道：「你別過來！」

幽靈貓笑了，笑起來卻顯得有點滑稽，兩隻眼睛彎成半月形，嘴巴往上翹了起來，臉頰鼓鼓的，像在嘴裡藏滿了食物的倉鼠一樣。

「你覺得我會怕雞毛掃？我還以為你很聰明。」

幽靈貓說著又靠近一些，小葵趕緊說：「別再過來。」

雞毛掃揮去幽靈貓的身上，但對幽靈貓當然沒有任何影響。

她呵口氣，讓顫抖地握著雞毛掃的手放下

91

來，儘量冷靜地說：「你到底是甚麼？」

「我不是人，當然也不是貓。我是靈貓。」靈貓緩緩地說，語氣充滿了威嚴。

「靈——貓？」

靈貓背對著月光，兩眼似乎映射出光芒，毛髮周邊泛著金光，看起來有種神聖的感覺。

小葵看得目瞪口呆，嘴巴都張大了，心裡升出一道聲音：這難道是神明？

她往旁邊移去，卻不小心碰著書櫃，這時神奇的事發生了！

有本書從那裡「飛」了出來，小葵差點叫出聲，接著，飛著的書落下來攤開在地上，書裡還飄出一張發出螢光的書籤。

小葵驚訝不已，她忘了害怕，將漂浮著的書籤拿過來，上面寫著：

暗夜輕輕喚

喚來昔日伴

聯手除奸惡

無縫斷迷霧

綿綿數百年

四海洶湧起

神山浮羽印

貓之使者現

靈葵會合日

古城險浩劫

待尋傳承物

再解世間謎

頭幾句小葵都有看沒有懂，只明白其中兩行，她忍不住念出來：「神山浮羽印，貓之使者現⋯⋯」

　　她想起第一天上學途中，看見在小鎮古越山頂部出現的翅膀，瞪大眼睛說：「神山是指古越山？貓之使者現——」

　　她驚訝地盯著靈貓，說：「你是貓之使者？」

　　「不，你才是貓之使者。」

　　「甚麼？不，不，我才不是甚麼貓的使者，你別亂說了，我怎麼可能是使者？開玩笑吧？」

　　靈貓低下頭來，發出瑰麗光芒的雙目看進小葵眼裡。

　　「你看下一句就知道是不是了。」

　　「靈葵會合日，古城險浩劫⋯⋯靈是你？」

　　靈貓點點頭。

95

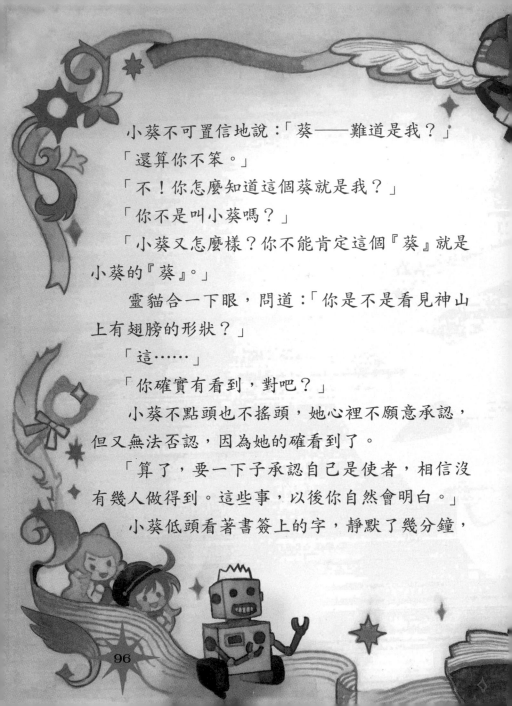

　　小葵不可置信地說：「葵──難道是我？」

「還算你不笨。」

「不！你怎麼知道這個葵就是我？」

「你不是叫小葵嗎？」

「小葵又怎麼樣？你不能肯定這個『葵』就是小葵的『葵』。」

　　靈貓合一下眼，問道：「你是不是看見神山上有翅膀的形狀？」

「這……」

「你確實有看到，對吧？」

　　小葵不點頭也不搖頭，她心裡不願意承認，但又無法否認，因為她的確看到了。

　　「算了，要一下子承認自己是使者，相信沒有幾人做得到。這些事，以後你自然會明白。」

　　小葵低頭看著書籤上的字，靜默了幾分鐘，

96

最後，她抬起頭說：「你還沒說你是甚麼。」

靈貓立即精神抖擻地仰著頭，道：「我是侍奉於無上大神亞圖的靈。職銜是愛迪亞拉布克凡探偵舍，名號是卡塔特萊雅迪山大。」

牠看到小葵一副聽不懂的模樣，說明道：「簡單來說，我是無上大神亞圖的侍奉者，大家一般都稱呼我為卡塔。」

「你是亞圖的手下？」

「是無上大神亞圖。」

「好吧，是無上大神亞圖。那為甚麼你要來我們家？」

「當然有原因。不過，還不到時候說出來。不是說了嗎？以後你自然會明白。」

小葵想了想，又問：「使者是做甚麼的？我為甚麼會是使者？」

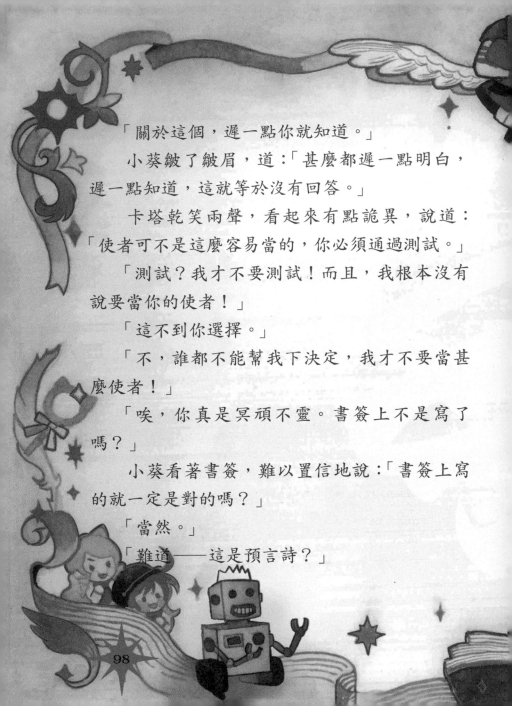

「關於這個，遲一點你就知道。」

小葵皺了皺眉，道：「甚麼都遲一點明白，遲一點知道，這就等於沒有回答。」

卡塔乾笑兩聲，看起來有點詭異，說道：「使者可不是這麼容易當的，你必須通過測試。」

「測試？我才不要測試！而且，我根本沒有說要當你的使者！」

「這不到你選擇。」

「不，誰都不能幫我下決定，我才不要當甚麼使者！」

「唉，你真是冥頑不靈。書籤上不是寫了嗎？」

小葵看著書籤，難以置信地說：「書籤上寫的就一定是對的嗎？」

「當然。」

「難道——這是預言詩？」

「看在你認真推理的份上，就給你一個提示。」靈貓說完，微微一笑。

「甚麼提示？」

「向日葵。」

「甚麼向日葵？」

這時靈貓突然漸漸隱去，小葵走過去抓牠卻抓不著，不一會兒靈貓已完全不見蹤影。

小葵呆在那裡好一會兒，月光輝映在閣樓內，周遭看起來跟平時沒兩樣，但對於小葵，卻有了天翻地覆的意義。閣樓不再是普通的閣樓，而是最不可思議的地方！

「剛才的事，絕對不是夢。夢不可能這麼真實！」

她急忙跑回房間，拿起桌上的向日葵記事本，心中呼叫著：「牠說的向日葵，一定是記事本！」小葵緊張地翻開來。

在她寫著「T8到底代表甚麼」一句下方，果然浮現了一行奇怪的數字！

「咦？這是？」

小葵困惑地看著眼前這一串數字，念道：「73 63 22 63 81 62 21 61 32」。

「這是提示？那就是說，這數位是密碼？」

小葵想不透這數位密碼代表的是甚麼，懊惱地推敲著。

「這密碼，是關於T8？」

小葵上網查了好幾個解開密碼的方式，都找不到有意義的文字。

「這些數字到底是甚麼意思……」

小葵邊思索邊躺在床上，慢慢地合上了眼睛。

第十一章

真兇是盜竊慣犯？

清晨，小葵沒精打采地走到飯桌前。

今天她沒甚麼胃口，畢竟昨晚太多奇怪的事發生了，加上急著破解密碼，想到半夜還沒睡去，現在她只覺得腦袋重重的，好像有甚麼東西塞在裡頭。外婆親自做的南瓜饅頭夾蛋和蘑菇濃湯她也沒吃完，結果被外婆訓了一頓話。

「我真的吃不下啊⋯⋯」

小葵委屈地辯解，但外婆並沒有聽進去，說小孩子要開開心心的，甚麼事都不需要煩惱，並讓她帶幾個三文治去學校吃。

小葵馬上回答：「好，好。我一定吃完。」然後她匆匆地出門去了。

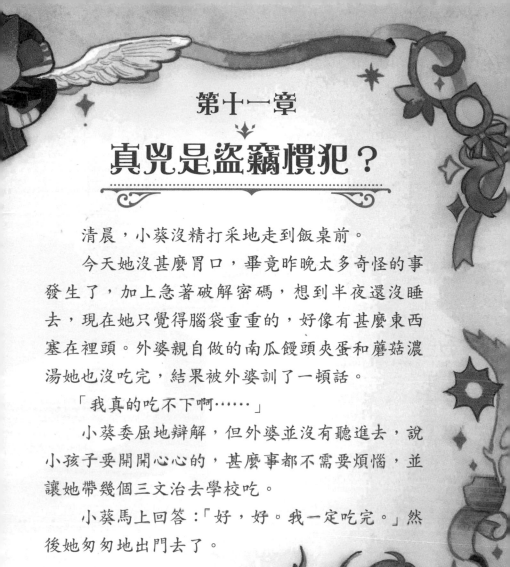

「呼，是不是所有外婆都喜歡強迫小朋友吃東西啊？」

小葵經過公園時，抬頭望向遠處那座朦朧的古越山。

古越山的形狀確實很像一隻坐著的貓，昨晚的事立刻浮現於小葵腦海。

小葵趕緊晃晃頭，告訴自己：「不，不。我才不是那個甚麼卡塔的使者！就算昨晚的事是真的，我也不願意當甚麼貓之使者！」

說著她跑向了學校。

一來到班上，可樂和子君這兩位「偵探魂」同學就湊到小葵身邊。

「小葵，小葵，不得了！」

「原來張亦平沒有失蹤！」

「他的家人撤銷案件了！」

小葵驚訝不已，說：「難道真的是一宗普通的離家出走事件？」

　　兩人點點頭，接著又急急地說：「不，不，我要說的是比這件事更嚴重的事！」

　　「對，我們有重大發現！」

　　「是啊！小偷出現了！」

　　「那可是貨真價實的小偷啊！」

　　「昨天劉宇翔家裡被爆竊！」

　　「劉宇翔說看到那個盜竊慣犯！」

　　「對啊，但他說甚麼都沒有被偷。」

　　「我明明差點兒就抓到他了！」

　　兩人你一言我一語地向小葵報告，但小葵還是聽不明白他們在說甚麼。

　　「你們可以從頭開始，有條理地說一遍嗎？」小葵說。

「好，我來說。」子君瞪了可樂一眼要他住口，然後說：「昨天放學後，我向機械人學會的會長打聽到劉宇翔的住址，於是打算直接去他的家，問他是不是他綁架了張亦平，可惜劉宇翔家裡沒有人，我只好在那裡等候。」

「嗯，剛好我幫家裡的雜貨店送東西，回去時經過那兒，就和子君一起監視。」可樂插嘴道。

子君瞪一眼可樂，可樂趕緊閉嘴。

「我們等了一會兒，突然，劉宇翔家裡跑出一個人！」

小葵緊張地等她說下去，子君一臉誇張地說：「你知道嗎？那個人居然穿著綠色衛衣！」

「綠色衛衣？難道就是盜竊慣犯？」

「是啊！想不到竟然被我們撞見盜竊慣犯，太刺激了！」

「你確定他就是電視上報導的那名盜竊慣犯？」小葵問。

「當然啦！他穿著那件綠色衛衣跟電視描述的一模一樣，肯定就是盜竊慣犯！」

「那你們沒有追過去或報警嗎？」

「當然有追過去啊！竟然給我們當場撞見小偷犯案，哪有不追的道理，對不對？」

「有追到嗎？」

「你先聽我說，不要打岔。」子君有點不高興地扁扁嘴，說：「我們本來已經追過去了，誰知這時劉宇翔正好回來！」

這倒是出乎小葵意料之外！

「劉宇翔是不是看到小偷的樣子？」

「肯定啦！我看到劉宇翔一臉驚訝的樣子，急忙衝上去要抓小偷，誰知劉宇翔卻叫我不要

追！」可樂忍不住插嘴。

「明明差一點就逮到小偷，氣死我了！」可樂懊惱地鼻孔噴氣。

小葵不明白，問道：「劉宇翔看到小偷，卻叫你不要追？」

「就是啊！」可樂還在噴著氣。

子君搶在可樂跟前說道：「劉宇翔說那個人就是電視上報導的小偷，很危險，然後他馬上跑回家去。我們跟去他家，叫他趕快報警，他卻說家裡沒有東西不見了，不需要報警。」

「奇怪，小偷進了劉宇翔的家，卻甚麼都沒有偷？」

「劉宇翔是這麼說的。不過……」

「不過甚麼？」

子君看了看小葵緊張的模樣，清了清喉嚨，

故弄玄虛地慢慢說：「我看到了啊……他家裡根本不像被爆竊的樣子，東西都很整齊。」

「那就是說，劉宇翔說家裡沒有被偷東西不是說謊？」

「嗯。他沒必要說謊啊，也沒有必要包庇小偷，除非……啊！劉宇翔跟小偷是認識的！」

子君興奮地說道：「說不定劉宇翔一家是小偷世家，世代做著盜竊的勾當，而那名小偷是他們的親戚！一定是了，所以劉宇翔才說家裡甚麼都沒有被偷，因為他們是共犯！」

子君自顧自地推論著，小葵和可樂搖搖頭，沒有理會子君的「無厘頭」推理。

小葵決定找劉宇翔，親自問他，兩位「偵探魂」同學當然一同跟去。

「昨天不是叫你們不要再來找我嗎？」劉宇翔

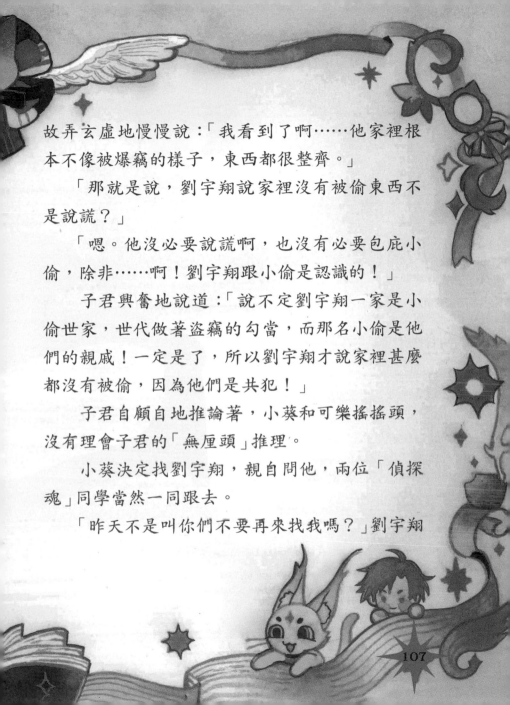

看到可樂和子君，不耐煩地說。

「你說小偷就是那名慣犯，你有看到嗎？」小葵問劉宇翔。

劉宇翔點點頭說：「當然有。我當時正好回家，那慣犯從我眼前跑過，我一眼就認出他是新聞報導的那名小偷。」

「你為甚麼這麼肯定？他在跑著哦！」小葵詢問道。

「呃，那還用說，小偷穿著綠色衛衣啊！」

「穿著綠色衛衣不代表就是小偷。你有看到他的臉嗎？」小葵繼續追問。

「有，當然有。」劉宇翔肯定地說。

「他長甚麼樣子？」

「就是電視上報導的樣子啊！」

小葵歎口氣，似乎不太可能從劉宇翔口中問

出東西來。

　　這時劉宇翔又說：「除了小偷，沒有人會去我家偷東西，不是嗎？好了，你們真的不要再來問我了，反正小偷也沒有偷到東西。」

　　「你為甚麼這麼確定小偷沒偷到東西？你有搜過整間屋？」

　　劉宇翔不耐煩地說：「剛才不是說了嗎？沒有人會去我家偷東西，因為我家真的沒有東西可以被人家偷啊！」

　　說著劉宇翔氣呼呼地走回課室。

　　「看來今天又是沒有任何收穫。」可樂皺皺眉頭，無奈地說。

　　「不。我們問到一個重要的證詞。」小葵糾正。

　　可樂和子君緊張問道：「甚麼重要證詞？」

　　「劉宇翔一直強調沒有人會去他家偷東西，

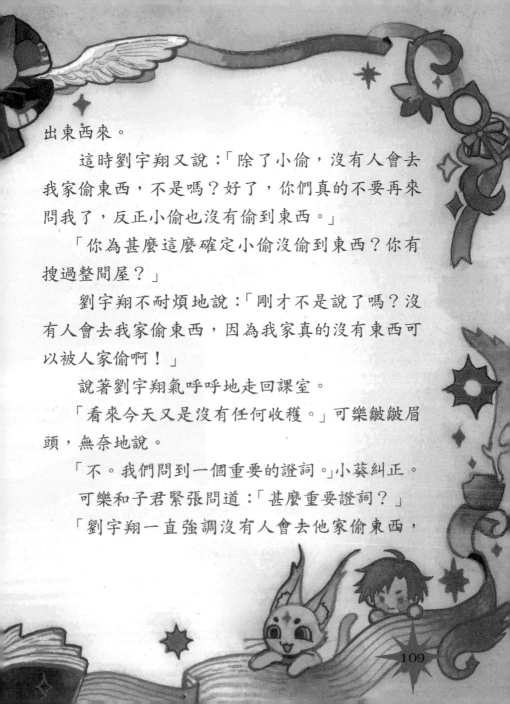

他家裡沒有東西可以被人偷。你們不覺得好像故意說的嗎？」

「為甚麼他要故意這樣說？」可樂不明所以地問。

「嗯，這就是奇怪的地方。」小葵摸摸下巴思索著，然後說：「我知道了！」

子君和可樂緊張地瞪大了眼。

「他是要讓大家認為他的家沒有東西被偷，但其實他家的確有東西被人偷了，而且的確有人要去他家偷東西！」

「你到底在說甚麼？」兩人又同時問道。

小葵沒有回答，由於還有幾分鐘就上課了，她趕緊拿出三文治來跟子君和可樂一起享用。

她可不敢浪費外婆親手做的愛心滿滿三文治呢！

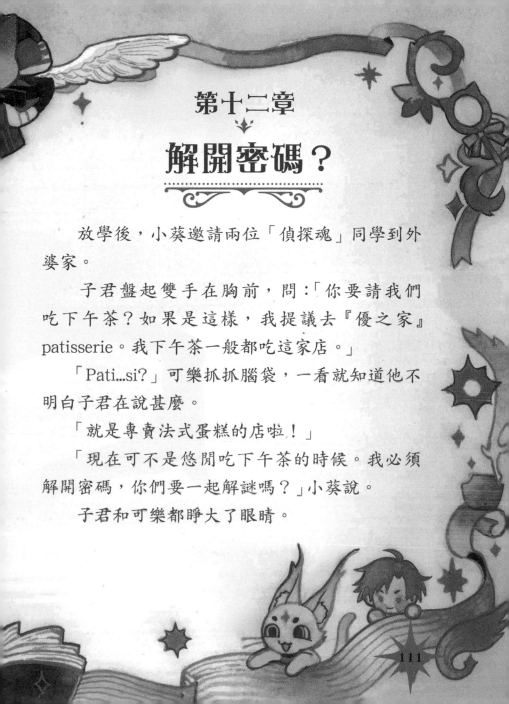

第十二章

解開密碼？

放學後，小葵邀請兩位「偵探魂」同學到外婆家。

子君盤起雙手在胸前，問：「你要請我們吃下午茶？如果是這樣，我提議去『優之家』patisserie。我下午茶一般都吃這家店。」

「Pati...si?」可樂抓抓腦袋，一看就知道他不明白子君在說甚麼。

「就是專賣法式蛋糕的店啦！」

「現在可不是悠閒吃下午茶的時候。我必須解開密碼，你們要一起解謎嗎？」小葵說。

子君和可樂都睜大了眼睛。

「解開密碼？那不是像真的偵探？」可樂一臉興奮。

「甚麼真的假的，我們本來就是偵探！」子君自豪地說。

小葵可不敢自認是偵探，快快踏上回家的路。

可樂和子君走進「珍妮理髮」，向小葵的外婆打了聲招呼就匆匆忙忙地跟著小葵去樓上。

Jane原本感到很驚訝，但接著馬上哈哈大笑，對老顧客說：「看吧！小孩子很快就交到朋友，你們以後不用再擔心小葵不習慣這裡了。」

「是啊，是啊！」「不愧是Jane的孫女，哈哈！」「我就知道小葵一定沒問題啦！」幾位老顧客笑眯眯地和應Jane。

第一次來到小葵家的兩位同學十分好奇，看

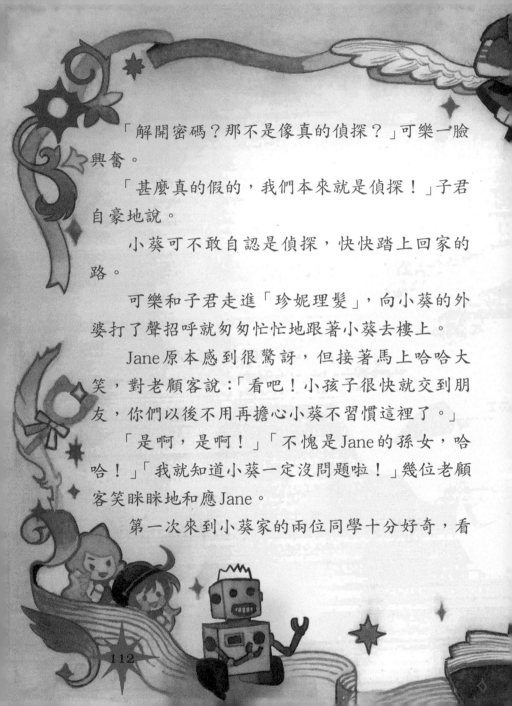

到甚麼都覺得很新鮮。

「嘿，走在上面會吱呀吱呀響呢！」可樂說著，走得更用力，走廊因而發出更大的聲響。

「這條走廊好像恐怖電影裡頭看到的走廊，又暗又長！說不定在木板底下藏著甚麼幽靈呢！」子君的想像力又無限飛躍了。

幽靈？小葵不禁咽一下口水。想不到子君常常亂說話，這次居然說中了。

「小葵，你晚上起身上廁所不怕嗎？怕不怕突然有鬼怪出現，對你說話？」子君扮著恐怖的樣子說。

「當然怕。」小葵說著又咽一下口水。她的確害怕昨晚看見的「靈貓卡塔」，但她不知道該不該對別人說，正猶豫著，兩位好奇心十足的同學已跑向前去，小葵只好趕緊跟上。

當小葵開啟通往閣樓的木門時，可樂和子君興奮得哇哇大叫，他們小心翼翼地爬上閣樓，好像在進行甚麼刺激的探險活動。

　　「太棒了，這簡直是我夢想中的秘密古堡！」子君上去後，讚歎地欣賞著閣樓的每個角落。

　　「這是閣樓，不是古堡。」可樂更正她說。

　　「哎呀！你真是沒有想像力。」子君走過去拿起架上的一本推理書，道：「這裡明明就是蘊藏著各種各樣推理寶藏的古堡，你感覺不到嗎？」

　　這一回，可樂沒有反駁子君，他興奮地去每個書架摸一摸，翻翻書籍，嘖嘖稱奇地說：「哇，這樣古老的推理書都有，還是硬皮的！看，這裡還有一系列福爾摩斯的推理小說！啊！竟然還有經典的《東方快車謀殺案》！」

　　最後，他找出一本書，興奮地拿到小葵跟

前。

「這本推理小說我很早以前就想看了，小葵，可以借我看嗎？」

小葵想了想，說：「我必須先問過外婆，畢竟這些書不屬於我。」

「那我以後可以每天來你外婆家看書嗎？」可樂央求地問。

「沒問題啊！」

「太好了！」可樂高興得跳了起來，結果發出很大的聲響，整個閣樓都在震動，嚇得可樂馬上定在原地。

「可樂，這裡是百年歷史的老屋，不可以太大動作哦！」小葵說。

「對不起，小葵，以後我會小心！」可樂不好意思地吐吐舌頭，然後說：「你不是要我們一起解開密碼嗎？密碼呢？」

小葵打開書包，取出向日葵記事本，指著說：「這裡。」

　　兩位「偵探魂」同學靠過來，看著那一串奇怪的數字，開始推敲。

　　「是不是對應英文字母的數位呢？」可樂說，試著對應道：「如果A代表1，B代表2，如此類推的話……73 63 22 63 81 62 21 61 32對應的字母，是……」

　　子君搶答道：「gcfcbbfchafbbafccb?甚麼鬼東西？根本沒有意思！不對，不對！」

　　「那你說，是甚麼？」

　　「照我看啊，這是九組數字，73、63、22、63、81、62、21、61、32。然後啊，把他們的個位數和十位數加起來，比如73就是7加3，等於10；6加3等於9；全部加上之後，得到

118

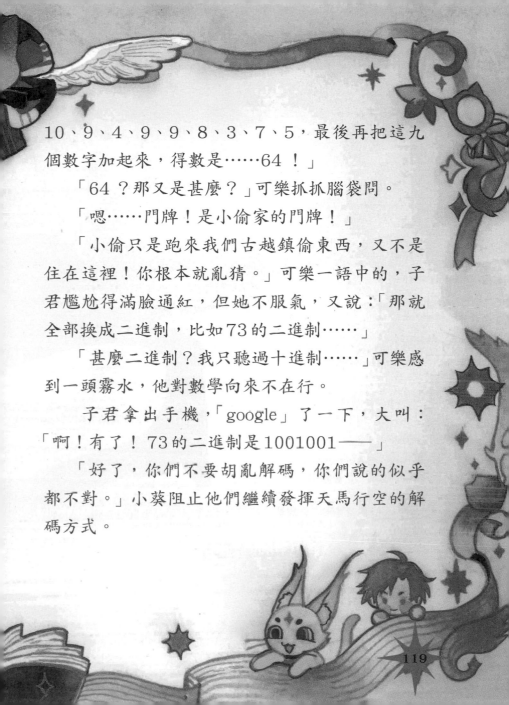

10、9、4、9、9、8、3、7、5，最後再把這九個數字加起來，得數是……64！」

「64？那又是甚麼？」可樂抓抓腦袋問。

「嗯……門牌！是小偷家的門牌！」

「小偷只是跑來我們古越鎮偷東西，又不是住在這裡！你根本就亂猜。」可樂一語中的，子君尷尬得滿臉通紅，但她不服氣，又說：「那就全部換成二進制，比如73的二進制……」

「甚麼二進制？我只聽過十進制……」可樂感到一頭霧水，他對數學向來不在行。

子君拿出手機，「google」了一下，大叫：「啊！有了！73的二進制是1001001——」

「好了，你們不要胡亂解碼，你們說的似乎都不對。」小葵阻止他們繼續發揮天馬行空的解碼方式。

「哎呀，我真的想不到，小葵你來說。」一向好勝的子君也投降了，洩氣說道。

「我就是解不到才找你們幫忙啊！」小葵沒好氣地說。

可樂緊緊皺著眉頭，過一會兒，他放棄地鬆開眉頭，一臉興奮地說：「對了，我們三人今天第一次一起去找劉宇翔，還一起想密碼，一起查案對不對？」

子君和小葵感到不明所以，不過他們三人的確是第一次一起行動，兩人點點頭。

「難得我們三個一起查案啊，不如為我們這個三人組取個名字吧？」

子君一聽竟然沒有吐槽可樂，附和地說：「莊可樂，你終於說出比較有建設性的話了！」

可樂不理會子君，開始在那兒思索：「取甚

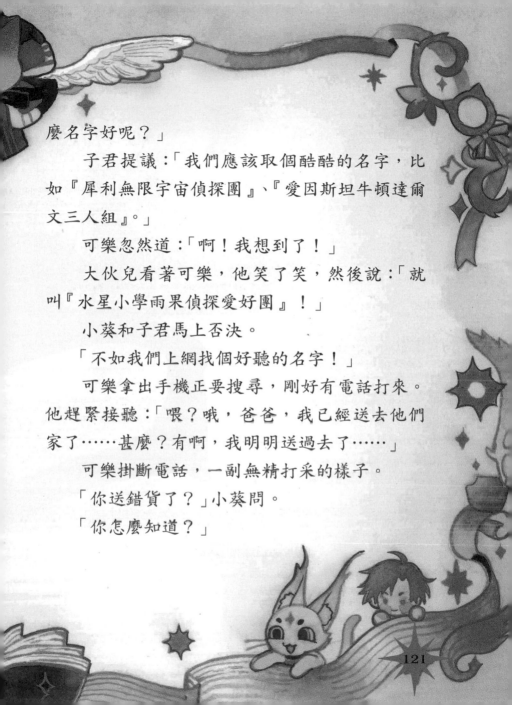

麼名字好呢？」

　　子君提議：「我們應該取個酷酷的名字，比如『犀利無限宇宙偵探團』、『愛因斯坦牛頓達爾文三人組』。」

　　可樂忽然道：「啊！我想到了！」

　　大伙兒看著可樂，他笑了笑，然後說：「就叫『水星小學雨果偵探愛好團』！」

　　小葵和子君馬上否決。

　　「不如我們上網找個好聽的名字！」

　　可樂拿出手機正要搜尋，剛好有電話打來。他趕緊接聽：「喂？哦，爸爸，我已經送去他們家了……甚麼？有啊，我明明送過去了……」

　　可樂掛斷電話，一副無精打采的樣子。

　　「你送錯貨了？」小葵問。

　　「你怎麼知道？」

「你這表情誰都猜到吧？」子君說。

「唉，要打給顧客道歉。」

說著可樂按下手機，念道：「3429⋯⋯」

小葵看著可樂按下手機號碼，突然眼前一亮，大聲地說：「手機密碼！」

子君和可樂不明所以地看著她，小葵趕緊向他們說明。

「這串數字是手機鍵盤密碼！」

小葵指著可樂手機鍵盤上的數字，說道：「73是手機鍵盤上的R，63是O，22是B，81是T，所以是⋯⋯」

三人同時喊出：「ROBOT NAME ！」

可樂顧不得向顧客道歉，趕緊和兩位同伴一起衝下樓去。

外婆聽到他們砰砰砰的急促腳步聲，隨即看

到三人一陣風似的衝過去，連忙提醒他們：「不要太遲回家！小葵的同學也是哦！」

他們陸續衝出門口，門上方的鈴鐺喀啷喀啷作響，小葵頭也不回地回應道：「知道了，外婆！」

兩位同學也學著小葵喊：「知道了，外婆！」

「不要叫我外婆，叫我Jane！」外婆扯開喉嚨朝已經跑得老遠的他們喊道。

老顧客們羨慕地說：「感情真好啊！」

Jane高興地說：「是啊！感情真好！」

說著她繼續幫老顧客捲頭髮話家常。

「不知道有沒有抓到那名盜竊慣犯……」

「哎呀，可能已經離開我們小鎮了……」

第十三章

追蹤

三人來到劉宇翔家門，按下門鈴。

劉宇翔來開門，黑著臉說：「不是叫你們不要再來嗎？」

說著劉宇翔就要關門，小葵趕緊說：「我知道T8是甚麼了。」

劉宇翔果然馬上變了臉，但他很快又回復木無表情的臉。

「T8是張亦平做的機械人模型的名字。」

劉宇翔靜默不語。

「其他人和老師都不知道T8是甚麼，只有你和張亦平知道，因為張亦平只跟你提過。對

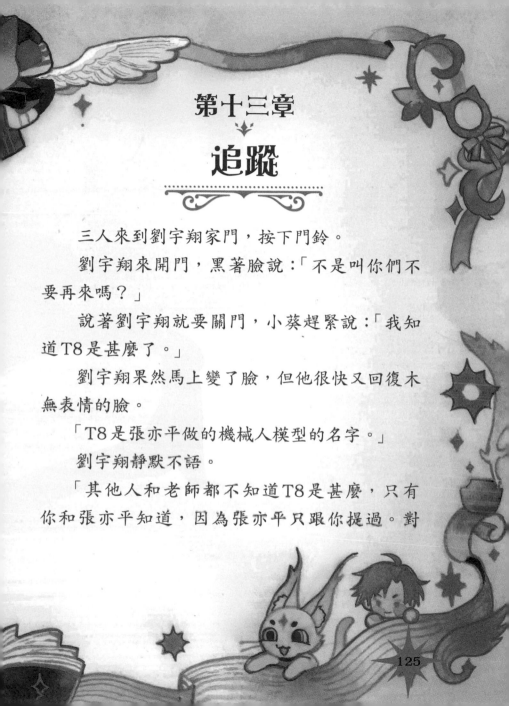

吧？」

劉宇翔深吸口氣，說：「不對。」

三人組感到很驚訝，難道他們解錯密碼？

「你們請回吧，我沒有甚麼可以告訴你們。」劉宇翔說完，關上了門。

可樂悻悻然地說：「明明解開了啊，為甚麼不對？」

小葵也想不透，T8是得獎的機械人的名字，應該不可能錯。要不然也不會寫在模型上面。

「小葵，剛剛你說只有張亦平和劉宇翔知道T8的事，為甚麼只有他們兩個人知道？」子君問。

小葵聳聳肩表示不知道。

「啊！難道他們之間有不可告人的秘密？」子

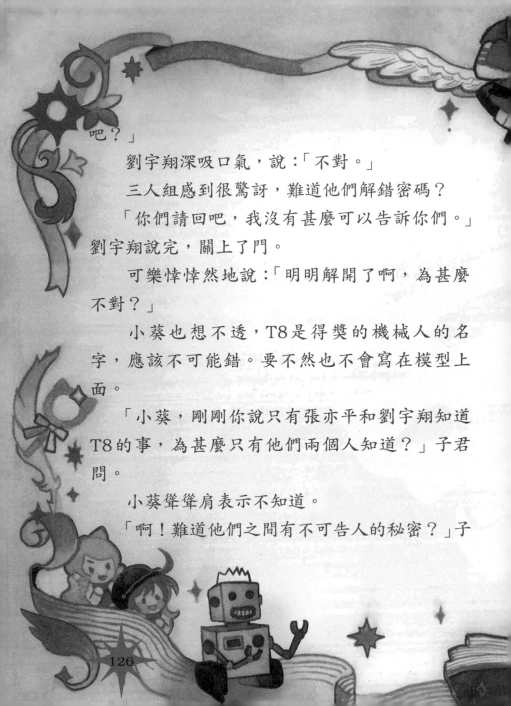

君一臉興奮，似乎對別人的秘密非常感興趣。

小葵點點頭。

「會是甚麼？難道張亦平威脅劉宇翔不可以說出去？」

小葵為免兔子君胡亂猜測下去，趕緊說：「既然劉宇翔不說，那我們只能問另外一個人了。」

「你是說——去問張亦平？」

小葵沒有回答，她匆匆走向那天劉宇翔來過的屋子，按下門鈴。

一位婦女開門了，她看著小葵和兩位伙伴，問道：「你們是來找亦平嗎？」

「是的。伯母，請問他在家嗎？」

「噢，他還沒有回來。」

小葵聽出話裡的另一層意思，立刻問：「你是說，他失蹤之後到現在還沒回家，是嗎？」

「呃，不是失蹤，他去參加機械人工作坊，只是忘了跟我們提及才會擺烏龍，以為他失蹤。他明天就會回家。」

小葵覺得奇怪，繼續問道：「他參加的工作坊在哪裡？」

「這個⋯⋯我也記不得。我們已經跟警方銷案，請你們回去吧！」

小葵把今天問到的情報都寫進向日葵記事本內。

「張亦平沒有失蹤，但要明天才回來⋯⋯劉宇翔說家裡沒有東西被人偷，像在掩飾甚麼⋯⋯只有張亦平和劉宇翔知道T8是機械人的名字，其他人都不知道，但劉宇翔說T8不是張亦平做的機械人名字⋯⋯」小葵邊走邊思索著，兩位偵探魂伙伴則去附近的小食檔買來番薯丸子，準

備再去小葵家推敲案情。

「今天沒有吃到『優之家』的 patisserie，改天一定要讓我請你們吃。」子君還是念念不忘美味的法式蛋糕。

「有那麼好吃嗎？應該沒有番薯丸子好吃。」可樂跟著小葵走了好半天，餓得肚子咕嚕咕嚕，已經忍不住開始吃。他邊呵著熱氣邊說：「哇，好好吃啊！小葵你要不要吃吃看？小葵？」

小葵沉浸在推理中，完全聽不到可樂的問題。

「你也吃吧！不騙你，真的很好吃哦！」可樂將熱乎乎的丸子遞給子君。

「我才不信有東西比 patisserie 好吃……」子君吃了一口番薯丸子，似乎被驚豔到，說：「不過番薯丸子也不錯啦，可以考慮作為下午茶的第

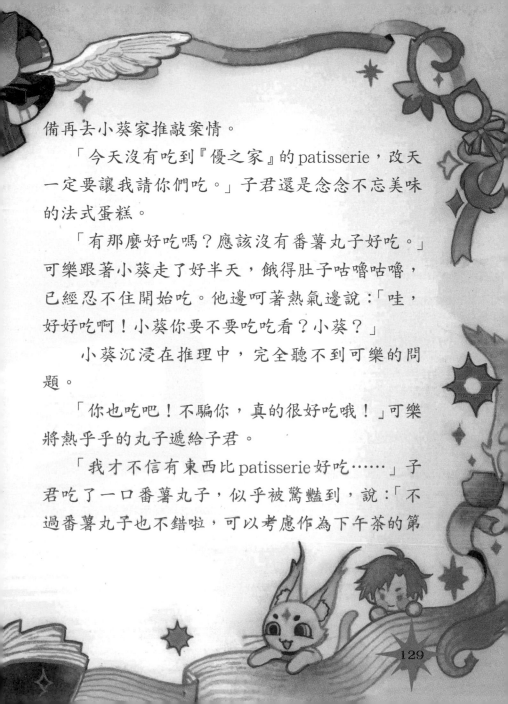

二，不，第三選擇……咦？那個人……」

可樂朝子君的視線看去，嘴巴張得老大，叫道：「劉宇翔！」

小葵一聽，馬上抬頭望向馬路對面。劉宇翔提著個背包，急匆匆地走在路上。

「那麼匆忙，是要去哪裡呢？」可樂皺著眉頭大口吃著番薯丸子。

小葵似乎想到了甚麼，說：「我知道了！T8的確不是張亦平那機械人的名字！」

可樂差點嗆到，含糊不清地問：「你不是說那機械人名字叫T8嗎？怎麼現在又說不是？」

「不，T8的確是機械人的名字，但不是張亦平那機械人的名字！」小葵興奮地說，「一切應該就是這樣，我都明白了！」

說著小葵快快奔向提著背包的劉宇翔。

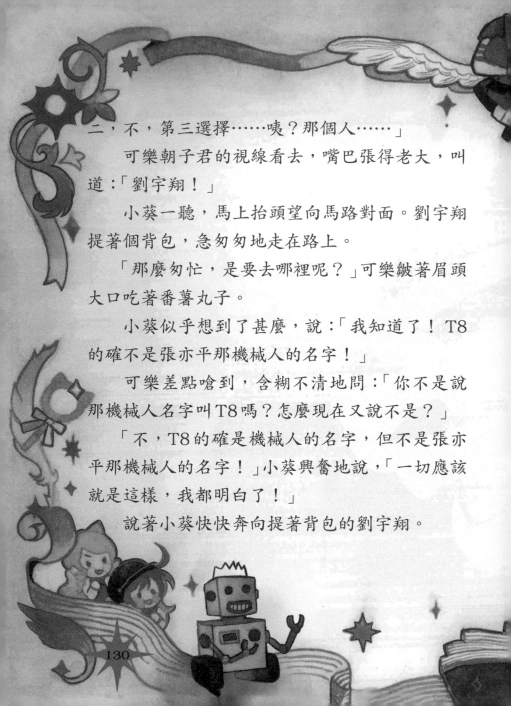

「喂，慢點兒啊，我還沒吃完！」

「小葵你明白了甚麼？可以先告訴我嗎？」

兩位同學狼狽地「處理掉」番薯丸子，快快地跟上。

天氣預報今天開始吹東北季候風，原本潮濕悶熱的午後罕有地颳起大風，看來不用多久就會下大雨。

「珍妮理髮」門外掛著的霓虹燈也亮著了，閃爍的霓虹燈上面可以看到閣樓的圓形窗戶，突然顯現一個大大的影子。那是靈貓卡塔。

他從窗戶看出去，觀察著遠處黑沉沉的烏雲，皺起了眉頭。

「看來有點麻煩。」

時間是下午4時20分，靈貓一陣煙似的竄出窗戶，朝某個地方飄移過去。

———————————————————————

劉宇翔再次來到張亦平的家，但這一回，他沒有躲躲閃閃，而是直接按下門鈴。

此時的「偵探三人組」鬼祟地伏在張家牆外往門口窺探。

張媽媽開門，對劉宇翔的來訪好像一點兒也不意外，熱情地打著招呼。看來劉宇翔應該是他們家的常客。

「亦平還沒回來呢！他有跟你說甚麼嗎？」張媽媽問。

「他沒回來？」劉宇翔很疑惑，神色有些不自在地說：「他也沒有跟我說，那我遲點再來

找他。拜拜！」

　　劉宇翔說完就離開了。

　　「怎麼辦？還要追蹤劉宇翔嗎？」可樂問。

　　「當然。」

　　小葵等劉宇翔轉出去路口後，趕緊跟上。

　　這時候突然下起細雨，他們一路跟蹤一路狼狽地用手遮擋風雨。

　　「好冷哦！小葵，我覺得沒必要繼續追蹤，等張亦平明天回來再問他，不就可以了？」子君懊惱地弄著凌亂的髮絲。

　　「不。劉宇翔看起來不太對，應該有甚麼事發生了。」

　　小葵看到劉宇翔過馬路，她連忙跑過去，路燈卻不幸地在這時轉成紅色。

　　他們三人眼睜睜看著劉宇翔越走越遠。

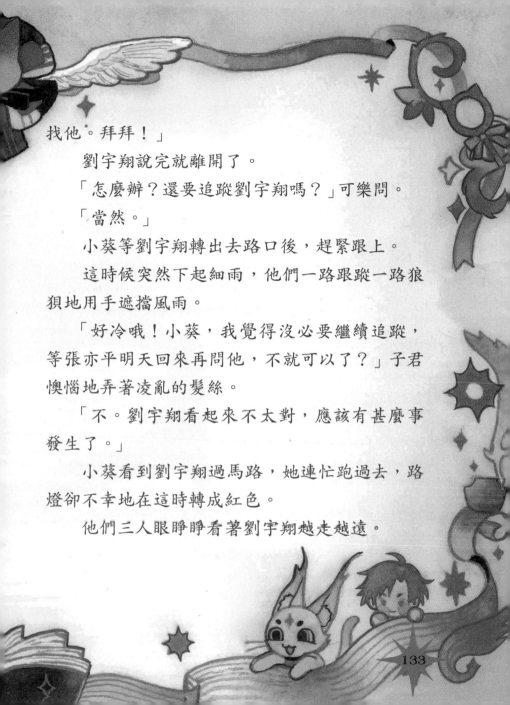

「怎麼辦？就這樣放棄追蹤？」可樂問。

「現在放棄還太早。你們看！」

可樂和子君兩人望向身影變得小小的劉宇翔，他正走向一座大大的建築物。

小葵笑著說：「偵探之神對我們還不錯。我們絕對不會跟丟，因為他走進了科學館！」

第十四章
犯人與機械人

三人組來到科學館,售票處上方有個大大的時鐘顯示

科學館五時正關門,離閉館只剩下35分鐘,他來這裡做甚麼呢?小葵心想著,買了三張票。

這時間幾乎沒有人進科學館,不過館內還有一些市民在參觀。

可樂看到旁邊的廣告,驚呼:「竟然是機械人展覽!」

小葵看看展出時間，念道：「展出一個月。今天……剛好是最後一日！」

「劉宇翔是機械人學會的會員，會趁展出結束前來看也不出奇。」子君說。

雖然如此，小葵卻一臉凝重的模樣。

三人匆匆走進入口，小葵吩咐道：「去找劉宇翔。15分鐘後，也就是4點50分回到這裡集合。」

兩位伙伴點點頭，然後就分頭行動。

小葵去A館，可樂和子君分別去B和C館。機械人展廳在A館，小葵進去後看到小朋友很興奮地排隊看「學話機械人」，小朋友說甚麼它就說甚麼；還有一個「家居機械人」，會聽從簡單的指令幫忙做家務；另外，這裡也有醫藥用機械人手臂、小狗機械人、餐廳服務機械人等等。

展廳正中央有個大約兩米高，設計精緻，威風凜凜的巨型機械人。那機械人靜止不動，不過它單單站著就已經很有氣勢，應該是許多小朋友

夢想中的機械人戰士。若不是急著找劉宇翔，小葵肯定得好好觀賞一番啊！

小葵快速走完一遍機械人展廳，沒有發現劉宇翔的蹤影。此時館內響起閉館廣播：「科學館將在10分鐘後關閉，請大家下次再來觀賞。」

小葵歎口氣：「唉，可能走了吧？」

館內的大人和小朋友走向出口，小葵再三確認沒有劉宇翔的身影，準備離開，但這時她發現A館的出口旁邊有道門，門上的招牌寫著「地下實驗館」。

「原來科學館還有這樣的地方！」

小葵走過去，門口有道圍欄，上面掛著「關閉」的牌子。

「科學館有活動的時候才會開放地下實驗館吧？可是……」

小葵發現圍欄的位置有些歪曲，露出平常放置柱子的陳年痕跡。

「柱子有移動過的跡象……」

　　雖然知道不應該，但小葵還是忍不住移開圍欄，開門進去。

　　門後方是道樓梯，通往地下室。

「喂！」

　　背後突然傳來叫喚聲，小葵嚇得差點兒跌下樓。她回過頭，看見是子君和可樂，鬆一口大氣說：「是你們啊！嚇死我了！」

　　「你不知道要閉館了嗎？我們等不到你，只好來找你啊！」子君壓著聲量說，「快走吧！被發現可不得了。」

　　「不，你們在這裡等我，我去看一下就好。」小葵說著，慢慢走下樓去。

　　樓下是個相當大的講堂，幾張大桌子堆在一旁，櫃子裡放了一些實驗室工具。牆上有部放映

機，大概是辦講座時使用。

　　這時子君和可樂也走下來了，他們對樓下有個實驗室感到無比新奇，但他們隨即又發現這裡有點不對勁。

　　空氣中有一股難聞的怪味，小葵警覺到危險，趕緊說：「快上去！有毒氣！」

　　子君和可樂馬上驚慌地朝樓梯奔去，但這時樓梯旁邊的小門突然開啟，阻擋住他們的去路！

　　一個矮小男人戴著口罩從房裡出來，說：「誰都不能出去。」

　　「你是誰？」可樂擋在小葵和子君身前，雖然害怕，卻不能退縮，他必須保護朋友！

　　矮小男人冷哼兩聲，道：「我是誰有關係嗎？最重要你們不會出聲。」

　　他舉高手上的瓶子，小葵、子君和可樂嚇得

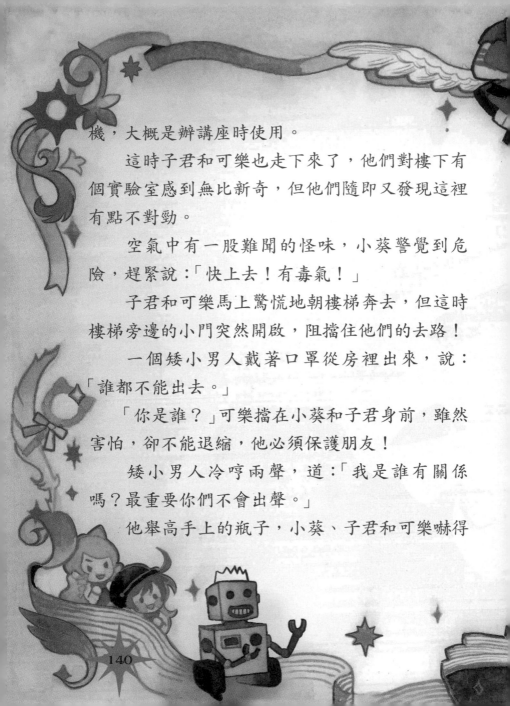

往後退了幾步。

「不想吸入危險的毒氣，就給我進去裡面！」
矮個子說。

小葵看進門裡，發現有兩個人被綑綁著，其
中一位竟然是劉宇翔！

「劉宇翔？」小葵說著望向另一人，道：「你

141

一定就是張亦平，那他⋯⋯」

　　這時劉宇翔對小葵使了個眼色，小葵意會過來，拔腿跑上樓去！

　　矮個子著急了，憤怒地追過去。

　　小葵上到展廳，跑向Ａ館出口，誰知門已經鎖上了。她拍拍門，喊道：「開門！快開門！」

　　這時矮個子已來到她身後，他笑著說：「呵呵，科學館可是非常準時閉館的啊！更不巧的是，這裡隔音設備太好，你再怎麼叫都不會有人來。」

　　小葵往旁邊退去，道：「你就是電視上報導的盜竊慣犯，對不對？」

　　「呵，是啊，我就是警方要抓的人，那又怎樣？只要你們靜靜不出聲，我明天就有辦法逃離這個小鎮。」

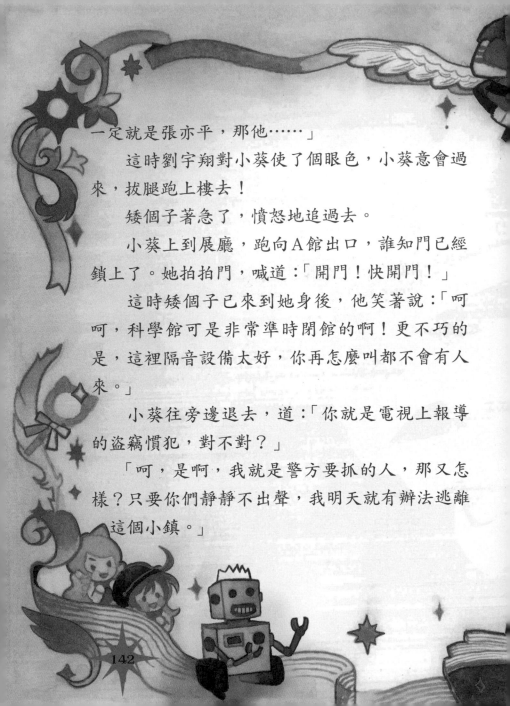

慣犯走向小葵，小葵趕緊往回逃走，迎面而來是從地下室跑上來的兩位伙伴，子君緊張地說：「小葵，他就是那名盜竊慣犯！」

「別說了，逃命要緊！」

慣犯追來，三人狼狽地逃命！

慣犯個子雖矮，腳程可真快，不消一會就要追上他們，小葵心思飛快地想：「只要進去地下室把門鎖起來，他就無法抓到我們！」

於是她急忙吩咐伙伴：「去地下室！」

子君和可樂加速跑向地下室入口，慣犯卻搶在小葵跟前衝向裡頭。情急之下，小葵用力一推，把門關上了！慣犯來不及「剎車」，整張臉撞到門上！

他撫著臉憤怒地瞪著小葵，小葵立即沒命地逃開。

慣犯追向小葵，最後，他把小葵逼到展廳中央。

「沒地方跑了吧？想把我關在外面，趁機打電話報警？」

小葵機警地後退，往後跑去，但慣犯又擋住她的去路，眼看慣犯就要抓住她，小葵害怕得閉上了眼睛！

過了一會兒，小葵發現自己並沒有被抓住，她慢慢睜開眼——眼前的景象讓她驚訝得摒住呼吸！

只見高大威武的機械人戰士正用那機械手掌抓住慣犯，將他提得老高，慣犯驚慌求饒：「是你控制它的嗎？快把我放下來，我不想掉下去啊！」

小葵慌亂得不知如何反應，她深吸口氣，讓

自己鎮定下來，然後對機械人戰士說：「請別傷害他！」

機械人戰士看著小葵，機械式的眼睛放射出一道金黃色光芒，小葵覺得很熟悉，好像在哪兒看過這光影。戰士把慣犯放下，慣犯懼怕地逃跑，誰知一頭撞上前方的玻璃櫃子，就這般倒地暈了過去。

戰士把慣犯放進其中一個玻璃展示櫃，並指指門鎖，示意小葵鎖上。

小葵似乎還在夢中，迷迷糊糊地把門上鎖。

兩位偵探魂伙伴在門內遲遲不見小葵，把門開了條縫探頭出去。

看到慣犯被關在玻璃展示櫃裡頭的他們趕忙跑了過去，嘖嘖稱奇地詢問小葵。

「小葵，你是怎麼辦到的？」

145

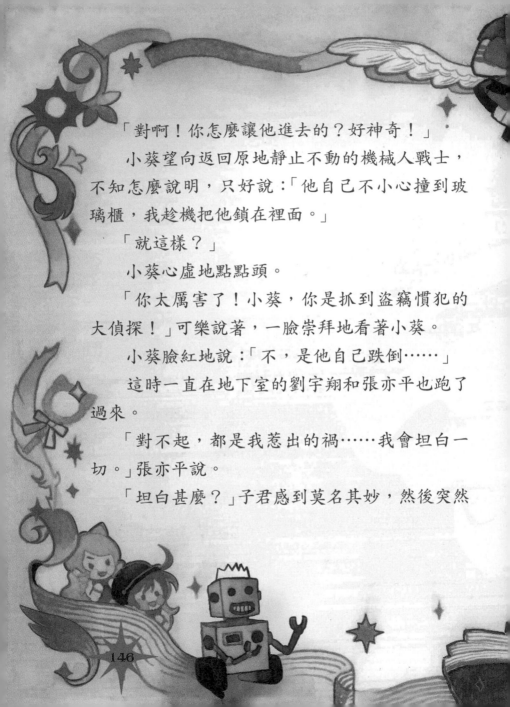

「對啊！你怎麼讓他進去的？好神奇！」

小葵望向返回原地靜止不動的機械人戰士，不知怎麼說明，只好說：「他自己不小心撞到玻璃櫃，我趁機把他鎖在裡面。」

「就這樣？」

小葵心虛地點點頭。

「你太厲害了！小葵，你是抓到盜竊慣犯的大偵探！」可樂說著，一臉崇拜地看著小葵。

小葵臉紅地說：「不，是他自己跌倒……」

這時一直在地下室的劉宇翔和張亦平也跑了過來。

「對不起，都是我惹出的禍……我會坦白一切。」張亦平說。

「坦白甚麼？」子君感到莫名其妙，然後突然

瞪大了眼道:「難道你跟慣犯是一伙的?對啊,你穿著綠色衛衣,是為了幫慣犯掩人耳目對不對?」

　　張亦平面對子君的質疑,露出不可思議的表情。小葵、可樂和劉宇翔都不禁笑了!

尾聲

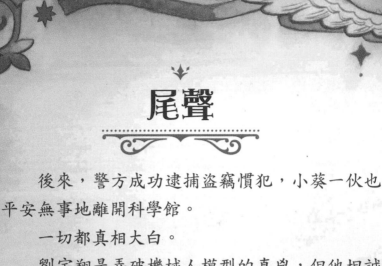

後來，警方成功逮捕盜竊慣犯，小葵一伙也平安無事地離開科學館。

一切都真相大白。

劉宇翔是弄破機械人模型的真兇，但他坦誠只是想為機械人模型寫上名字「T8」，寫好後卻不小心弄掉模型。

張亦平盜用了劉宇翔的設計而獲獎，心虛的他看到碎裂的模型上寫著T8，以為劉宇翔要告發他，於是不敢來上學。

事後他偷偷溜進劉宇翔的家，想刪除劉宇翔在雲端給他看設計圖的證據，但一時沒有找到設

計圖的檔案。

　　劉宇翔知道闖進家裡的是張亦平，為了幫朋友掩飾而說小偷是電視上的慣犯。

　　隔天，劉宇翔在張亦平常去的小吃店找到他，並說明只要他在重新砌好的模型上寫下T8就不再追究，誰知他們的對話正好被隱藏在巷子的慣犯聽見。慣犯於是要脅張亦平找食物給他，否則就告知大家張亦平做的事。如此這般，張亦平帶著慣犯躲藏在科學館，後來小葵也湊巧跟來了科學館。

　　「我根本沒打算告發你。雖然你使用了我的設計，但你製作出來的模型的確比我設計的更好看。」劉宇翔說。

　　「對不起，我太想得獎，竊取了你的構思。」

　　張亦平回想母親說他的機械人設計從來沒有

拿過第一名，每次都輸給劉宇翔，好不甘心。

「雖然我每次考試都拿第一，但設計機械人從來沒有贏過你。我真的很希望媽媽可以稱讚我，所以才會犯下這麼嚴重的錯，對不起……」

「你就是太在意母親的想法了。」劉宇翔說，似乎對張亦平深表同情。

「我很怕母親發現我偷你的設計，於是去你家消滅證據，真的很抱歉……」

劉宇翔看著內疚不已的張亦平，笑了笑，說：「事情過去就算了，我下個設計肯定會比這個好哦！你敢不敢跟我比？」

張亦平破涕為笑，點點頭說：「當然！我可是甚麼都拿第一的張亦平，誰說我一定輸你？」

兩位好朋友露出互相競賽的神情，小葵覺得這應該就是所謂的惺惺相惜吧？

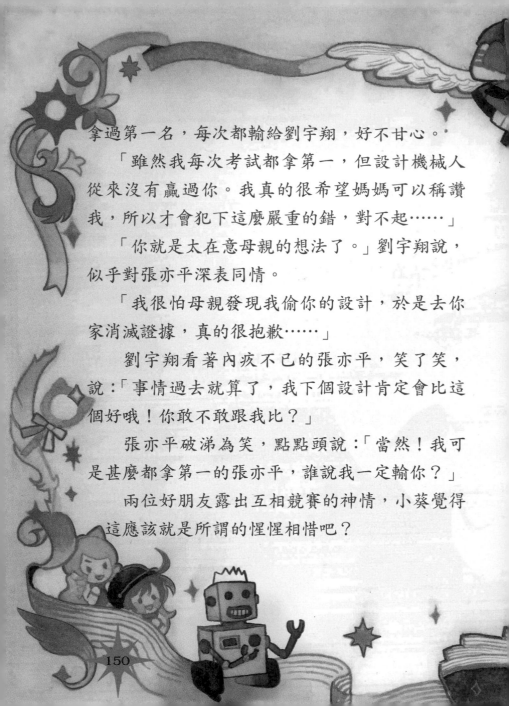

「對了，你怎麼會想到來科學館？」張亦平問。

　　「你忘了嗎？以前我們時常一起去科學館的地下室做機械人模型啊！當你失蹤不回家時，我就猜到你可能躲在那裡。」

　　兩位好朋友冰釋前嫌，還約定將來一定要做出像科學館展示廳裡的機械人戰士那般魁梧漂亮的模型。

　　「可惜那機械人戰士不會動……我們要一起做出真正會動的機械人戰士！」

　　兩人滿懷憧憬地說著時，小葵腦海浮現機械人戰士把慣犯提到半空的情景，她暗自說道：「誰說它不會動？它不只會動，還是個會抓犯人的偵探機械人……」

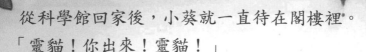

從科學館回家後，小葵就一直待在閣樓裡。

「靈貓！你出來！靈貓！」

「是你對不對？剛才的機械人戰士會動是因為你附身在裡頭。靈貓！」

她不斷呼喚靈貓，但靈貓一直不現身，於是她把閣樓的書翻了個遍，想找出那張「預言詩」書籤。

「奇怪，放哪兒去了？」

晚飯後，小葵又往閣樓尋找。

終於，皇天不負有心人，她在一本破舊的書中，找到了那張書籤！

小葵拿著書籤，說道：「靈貓，不，靈貓卡塔，請你出來！」

閣樓依舊沒有靈貓的身影。

小葵又說：「好吧，我可以考慮成為使者。

152

不過，你必須告訴我，使者到底要做甚麼。」

「不是說以後你自然會知道嗎？」

小葵背後傳來聲音，她趕緊回頭。是靈貓！

「剛才真的是你附在機械人戰士裡頭嗎？」小葵忐忑地問。雖然沒有第一次見到靈貓時那麼懼怕，但她還是有點畏懼。

「沒錯。要不是我觀天象發現異樣，可來不及助你一臂之力。」靈貓說著，微微揚起了頭。

「你不只可以附身，還會觀天象？你是古代人？哦不，古代貓？」小葵感到不可置信。

「關於這點，遲點——」

「我自然會知道，對嗎？」

「不錯。」靈貓說著，眼神凌厲地問：「你怎麼看待這次的事件？」

「你是說追查破壞機械人模型的真兇？」

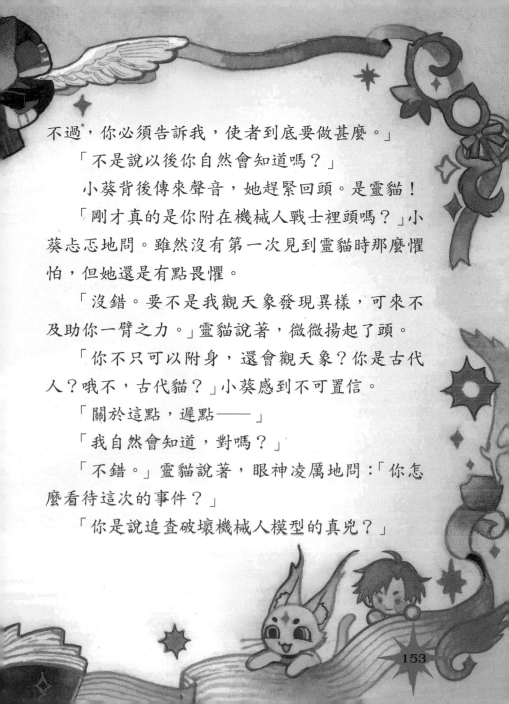

153

「嗯。」靈貓點點頭。

小葵想了想，說：「必須先搜集現場證據，仔細詢問相關的人——」

「不是這些。」

小葵摸摸下巴思考，突然她靈光一現，說：「查案時很容易被先入為主的想法影響，比如穿綠色衛衣就一定是犯人，這樣的想法會讓我們看不到真相。」

「對極！先入為主會讓事實偏離真相！」

靈貓露出狂喜的模樣，但馬上又擺起一本正經的面孔，問道：「還有呢？」

小葵歪著頭，回想一遍事件的經過，說：「原本是兩個好朋友之間的設計分享，後來竟然演變成案件……」

「呵呵，沒錯。」靈貓雙目射出一道金光，「人

心是案件產生的本質。」

「人心？」

「人類缺乏定力，是非常脆弱的，即使平時再好的人，只要產生一絲不好的想法，也可能犯下錯誤。」

「哦，張亦平太想獲獎，產生了竊取朋友設計的想法，所以才會有案件發生。」

靈貓兩眼凝重，說出一句像是偵探才會說的話：「案件面前，人人平等。」

小葵全身好像通電似的震了一下，腦袋蹦出一個想法：「這難道就是名偵探的金句？」

她望著靈貓，覺得他說不定是隻「神探貓」，是至高無上的偵探之神！

靈貓沒有注意到小葵的表情變化，他緩緩地說：「好吧，看在你還算有資質的份上，加上成

功解開我給你的密碼提示……你通過這次的測試了。」

　　小葵嘴角不禁誇張地往上揚起，她萬萬想不到通過靈貓的測試會這麼開心。但她馬上意會到一件事，立刻問道：「你說『通過這次的測試』，

難道還有下一次？」

「那是當然！」靈貓摸了摸臉頰的鬍鬚，道：「你以為使者這麼容易當？」

靈貓突然靠向小葵，表情令人難以捉摸地說：「準備好接受測試了嗎？」

說著他扯高嘴角狂妄地笑了笑，漸漸隱去。

「喂！不要突然變不見啊！」

「下次的測試是甚麼？靈貓！」

四周靜悄悄的，沒有任何聲響。

小葵望著被書圍繞的閣樓，再看看手上的書籤。她疑惑的眼神回復鎮定，說：「測試就測試吧！沒有事能難倒我，不是嗎？」

她走回房間，並將書籤小心翼翼地夾在向日葵記事本內。

等待小葵的，會是甚麼樣的測試和事件呢？敬請期待哦！

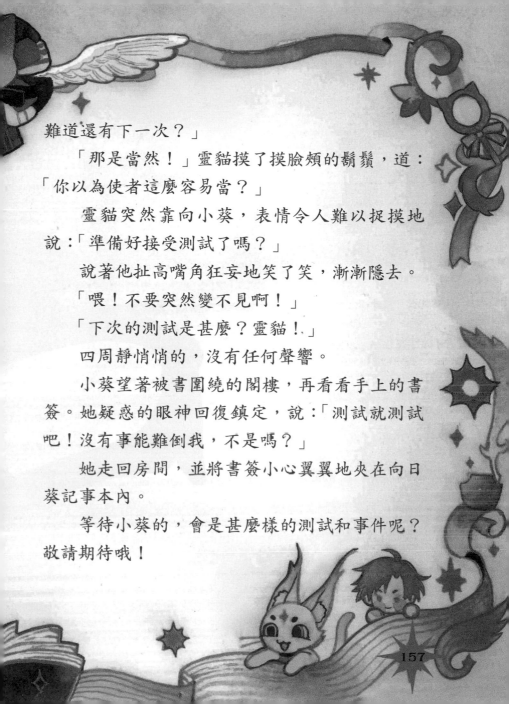

157

幽靈貓解謎時間

小葵的向日葵記事本裏，還顯現了另一串密碼。聽靈貓卡塔說，這個密碼與下一集的主題相關。你能解開嗎？

71 21 43 62 81 43 62 41

各位小偵探，你們也可以利用相同的方法，組成密碼，來跟朋友溝通啊！

為了反測試靈貓卡塔有沒有偵探力，小葵在這本書中藏了一組數字密碼。不過，他解開密碼後好像有點生氣，你知道這是為甚麼嗎？

131	7	3
81	3	8
157	11	8
18	2	1
80	12	7
68	14	4
64	10	1
46	11	7
149	1	3

答案會在下一集出版前，於「閱亮點 Facebook 及 Instagram 專頁」公布。請掃描以下 QR Code，緊貼最新消息！

葵與貓的偵探日常 I

作者　　　　蘇飛
插圖　　　　Ringo (Mai Minh Ngoc)
內容總監　　曾玉英
責任編輯　　林沛暘
書籍設計　　Elaine Chan

出版　　　　閱亮點有限公司 Enrich Spot Limited
　　　　　　九龍觀塘鴻圖道 78 號 17 樓 A 室
發行　　　　天窗出版社有限公司 Enrich Publishing Ltd.
　　　　　　九龍觀塘鴻圖道 78 號 17 樓 A 室
電話　　　　(852) 2793 5678
傳真　　　　(852) 2793 5030
網址　　　　www.enrichculture.com
電郵　　　　info@enrichculture.com
出版日期　　2022 年 7 月初版

承印　　　　嘉昱有限公司
　　　　　　九龍新蒲崗大有街 26-28 號天虹大廈 7 字樓

定價　　　　港幣 $88　新台幣 $440
國際書號　　978-988-75705-1-6
圖書分類　　(1) 兒童圖書　(2) 兒童文學